Bowls Kochbuch

Die 66 besten Bowl Rezepte für ernährungsbewusste Menschen. Gesunde Superfood Gerichte für Zuhause, bei der Arbeit, für die Uni und für zwischendurch.

Cooking Club

Inhaltsverzeichnis

Vorwort

Bereits Johann Wolfgang von Goethe sagte: „Das Essen soll zuerst das Auge erfreuen und dann den Magen."

Er hat vollkommen recht. Wir wollen leckeres Essen, das appetitlich aussieht und uns zum Verzehr einlädt. Bowls sind die praktischste und schönste Idee, die ich kenne, um eine ansprechende Mahlzeit zu zaubern.

Dafür packen wir leckere Zutaten in eine kleine Schüssel und richten sie so an, dass man überhaupt nicht anders kann, als sie zu genießen. Eigentlich sind es Zutaten, die wir vorher schon gegessen und kombiniert haben, nur jetzt machen wir aus ihnen ein kleines Kunstwerk. Das Auge isst schließlich mit.

Die Idee der Bowls entstand übrigens bereits vor etwa 10 Jahren in einem Tex-Mex-Restaurant in Amerika. Hier aßen die Leute ihre Burritos aus der Schüssel. Es entstand die Burrito-Bowl.

Dass die Idee weiterentwickelt wurde, ist kaum verwunderlich. Die kleinen Schüsselchen sind schließlich nicht nur schick, sondern auch total praktisch und bequem. Zum Genießen wird lediglich ein Löffel oder eine Gabel und die gefüllte Bowl benötigt. Bequem im Bett oder auf der Liege im Garten zu schlemmen, ist kein Problem mehr.

Die Kombination der Zutaten ist unendlich. Hauptsache die Farben und Formen regen unseren Appetit gehörig an und die Geschmacksknospen werden nicht enttäuscht.

Ich teile in diesem Buch raffinierte Rezepte von der Smoothie-Bowl bis hin zur Good-Life-Bowl mit euch.

Ich wünsche euch viel Freude und Genuss mit den leckeren Kunstwerken.

Was kommt alles in das Schüsselchen?

Grundsätzlich kann so ziemlich alles in die Schüssel, was gefällt. Um jedoch ein die Sinne ansprechendes und reichhaltiges Gericht zu zaubern, sollten wir auf eine gesunde Mischung achten.

Somit enthält eine gute Bowl immer einen Sattmacher. Die Sättigungsbeilage besteht meistens aus Getreide und bietet wertvolle Ballaststoffe, B-Vitamine, Kohlenhydrate, Zink, Eisen und Magnesium. Sie werden bestenfalls zu Beginn zubereitet. So kann alles Weitere zubereitet werden, während das Getreide köchelt. Mögliche Getreide sind beispielsweise Weizen, Dinkel und Hafer. Glutenfreie Alternativen sind zum Beispiel brauner Naturreis, Hirse und Quinoa.

Vitamine, Farbe und Geschmack – Gemüse jeglicher Art ist in einer schönen Bowl ein Must-have. Hier kann das Gemüse vorher gekocht, blanchiert, gebraten oder sogar gebacken werden. Vielleicht mit Kartoffeln kombiniert und mit frischen Kräutern gewürzt.

Auch auf Proteine wird in einer ausgewogenen Bowl nicht verzichtet. Von Hülsenfrüchten und Tofu bis hin zu Fleisch und Fisch ist alles erlaubt. Lieber Kichererbsen oder Hähnchenbrust, Tofu oder Sushi? Was darf's heute sein?

Salat, Rohkost und Nüsse sind eine tolle Möglichkeit das Schüsselchen richtig aufleben zu lassen. Ob Karotten, Rote-Bete-Scheiben oder bunte Beeren – Hauptsache schön bunt. Das Auge freut sich über Farben und die Bowl wirkt nun viel lebendiger. Zum Schluss sollte ein gutes Dressing, eine leckere Creme oder ein schmackhafter Dip nicht fehlen. Das passende Dressing rundet das Geschmackserlebnis ab und ist, dekorativ eingesetzt, der letzte Schritt für den perfekten Auftritt.

In den folgenden Kapiteln gibt es Rezepte für jeden Geschmack. Ich wünsche dir viel Freunde beim Nachkochen oder inspirieren lassen!

Superfood-Bowls – Smoothie-Bowls mit Superkräften

Die Superfood-Bowls sehen nicht nur toll aus und schmecken köstlich, sie sind auch noch gesund und geben dir eine Extraportion Kraft und Energie.

Eine Superbowl zum Frühstück sorgt für einen gesunden und energiegeladenen Start in den Tag. Sie enthält eine Vielzahl von Vitaminen, Mineralstoffen und Proteinen, wodurch dein Körper kraftvoller in den Tag startet.

Brombeer-Bananen-Bowl mit Chiasamen

Nicht umsonst gelten Chiasamen als Superfood. Die kleinen Samen enthalten fünfmal so viel Kalzium wie Milch und der Eisengehalt übertrifft sogar den von Spinat. Zusätzlich enthalten Chiasamen Antioxidantien und Phenolsäuren, welche die Zellen schützen. Weiterhin gelten sie als verdauungsfördernd und sorgen dadurch, dass sie im Körper aufquellen, für ein lang anhaltendes Sättigungsgefühl.

Zutaten für 1 Portion:

- 100 g Brombeeren (TK)
- 1 reife Banane, gefroren
- 1 EL Chiasamen
- 1 TL Kokosmus
- 1 ½ TL Acai-Pulver
- 100 ml Mandelmilch
- 50 g Brombeeren, frisch
- 1 TL Chiasamen
- ½ Banane
- ¼ Kokosnuss

Zubereitung:

1. Die TK-Brombeeren, die gefrorene Banane, ein EL Chiasamen, das Kokosmus, das Acai-Pulver und die Mandelmilch im Mixer so lange pürieren, bis keine Stücke mehr zu sehen sind.

2. Das cremige Mus in eine Schüssel geben.

3. Die halbe Banane in Scheiben schneiden. Die Kokosnuss öffnen und 2 Stücke entnehmen oder 2 Stücke aus der Dose verwenden.

4. Die Brombeeren, die Bananenscheiben und die Kokosstücke ansprechend auf den Smoothie geben und einen TL Chiasamen darüber streuen.

5. Das Powerfrühstück kann beginnen.

Erdbeer-Bananen-Bowl mit Hanfsamen

Hanfsamen gelten schon seit Jahrhunderten als Superfood. Denn Hanfsamen enthalten alle neun Aminosäuren, die unser Körper benötigt, aber nicht herstellen kann, Omeg-3- und Omega-6-Fettsäuren, mehrfach ungesättigte Fettsäuren, Vitamin E und Eisen.

Außerdem enthält Hanfsamen globuläres Pflanzeneiweiß, welches bei der Produktion von Antikörpern hilft, und uns somit gegen schädliche Keime schützt. Hanfsamen bieten viele weitere Vorteile und passen super ins nächste Rezept.

Zutaten für 2 Portionen:

- 12 Erdbeeren, frisch
- 1 Banane, gefroren
- 300 ml Sojamilch
- 1 EL Haferflocken
- 1 EL Chiasamen
- 1 EL Leinsamenschrot
- 1 EL Hanfsamen
- 4 schöne Erdbeeren

- 1 Handvoll Himbeeren
- 1 EL Haferflocken
- 1 EL Chiasamen

Zubereitung:

1. Die zwölf frischen Erdbeeren mit der gefrorenen Banane, der Milch, 1 EL Haferflocken, 1 EL Chiasamen, 1 EL Leinsamenschrot und 1 EL Hanfsamen im Mixer zu einer cremigen Masse pürieren.

2. Die cremige Masse in eine Schüssel geben.

3. Nun die restlichen Erdbeeren in Scheiben schneiden.

4. Die Erdbeeren mit den Himbeeren, den Haferflocken und den Chiasamen auf die Smoothie-Bowl drapieren und ein schönes gesundes Frühstück genießen.

Mango-Bowl mit Baobab-Pulver

Baobab-Pulver wird sogar in der afrikanischen Medizin verwendet. Mit unterschiedlichen Teilen des Baobab-Baumes werden Krankheiten wie Masern und Malaria behandelt. Das Baobab-Pulver wird aus der Frucht des Baumes gewonnen und kann ohne Zusatzstoffe hergestellt werden. Es enthält Kalzium, Eisen, Vitamin B1, Vitamin B6, Vitamin C und Ballaststoffe. Baobab gilt als eines der Vitamin-C-reichsten Lebensmittel überhaupt.

Das Baobab-Pulver sorgt durch seinen hohen Ballaststoffanteil für ein schnelleres Sättigungsgefühl und kann sogar helfen, den Cholesterinspiegel zu senken. Außerdem verbessert das Pulver das allgemeine Wohlbefinden. Während das Vitamin B entspannend wirkt, sorgen Vitamin C und Eisen für eine bessere Sauerstoffversorgung im Blut und somit für mehr Energie und gute Laune.

Zutaten für 1 Portion:

- ½ Mango
- 1 Pfirsich
- 2 TL Baobab-Pulver

- 1 Banane
- optional: getrocknete Mango
- optional: Kokosflocken

Zubereitung:

1. Die Mango und den Pfirsich schälen und in Würfel schneiden.

2. Fruchtwürfel gemeinsam mit dem Baobab-Pulver in den Mixer geben, bis ein cremiger Smoothie entsteht.

3. Den Smoothie in eine Schüssel geben und die Banane in Scheiben schneiden.

4. Die Bowl mit den Bananenscheiben, der getrockneten Mango und den Kokosflocken appetitlich garnieren.

5. Das Gute-Laune-Frühstück genießen.

Himbeer-Kiwi-Bowl mit Acai-Pulver

Die Acai-Beere kommt aus Südamerika. Da die Frucht sehr empfindlich ist und schnell verarbeitet werden muss, findet man sie in Deutschland meist nur als Pulver, Kapsel, Extrakt oder Saft. Dennoch haben auch die verarbeiteten Formen eine Menge zu bieten. Die Acai-Beeren sind nicht grundlos sehr beliebt. Sie enthalten einen hohen Anteil an Antioxidantien, Vitamin B, Vitamin C, Vitamin D und Vitamin E, sowie Kalzium, Magnesium, Zink, Eisen und Ballaststoffe. Durch die Antioxidantien wird der Zellschutz gefördert und der Zellalterung entgegengesetzt. Außerdem wirkt Acai entzündungshemmend, was Herz-Kreislauf-Erkrankungen und Krebs entgegenwirkt. Die Vitamine stärken das Immunsystem und die Ballaststoffe wirken sich positiv auf die Verdauung aus.

Zutaten für 1 Portion:

- 200 g TK-Himbeeren
- 1 Banane
- 1 TL Acai
- 60 ml Mandelmilch

- 2 EL Knuspermüsli
- 6 Himbeeren
- 1 Kiwi

Zubereitung:

1. Die TK-Himbeeren mit 1 Banane und 1 TL Acai-Pulver in den Mixer geben.

2. Nach und nach die Mandelmilch hinzufügen.

3. Den cremigen Smoothie in eine Schüssel geben.

4. Die Kiwi in Scheiben schneiden.

5. Die Bowl mit dem Knuspermüsli, den Himbeeren und der Kiwi garnieren.

6. Gesund in den Tag starten.

Himbeer-Kokos-Bowl mit Leinsamen

Leinsamen wurden bereits von unseren Vorfahren als Heilmittel verwendet. Der Fettgehalt von Leinsamen beträgt 30 %. Bei der Hälfte dieses Fettes handelt es sich um Omega-3-Fettsäuren. So eine hohe Konzentration ist in keiner anderen Pflanze zu finden. Außerdem enthalten Leinsamen Ballaststoffe, Eiweiß, Vitamin B1, B2, B6 und Vitamin E. Sie fördern die Verdauung, wirken auf lange Zeit sättigend, fördern die Durchblutung, wirken entzündungshemmend und verbessern das Immunsystem.

Zutaten für 1 Portion:

- 3 EL Magerquark
- 60 g Himbeeren
- 1 Banane
- 80 ml Mandelmilch
- 1 EL Honig
- 2 EL Leinsamen
- 2 EL Kokoschips

Zubereitung:

1. Eine halbe Banane, 30 g Himbeeren, den Quark und die Mandelmilch in den Mixer geben und zu einer cremigen Masse verarbeiten.

2. Den Smoothie in die Bowl geben und die übrige Hälfte der Banane in Scheiben schneiden.

3. Die Bananenscheiben und die übrigen Himbeeren ansprechend auf der Bowl anrichten.

4. Mit den Kokoschips und den Leinsamen bestreuen und einen EL Honig darüber gießen. Guten Appetit.

Apfel-Birnen-Bowl mit Gojibeeren

Die Gojibeere ist in der chinesischen Medizin traditioneller Bestandteil. Auch im Westen ist sie sehr beliebt, denn in ihr stecken wertvolle Wirkstoffe. Sie enthält Aminosäuren, Eisen, Magnesium, Kupfer, 21 Spurenelemente und noch mehr. Durch ihre antioxidativen Eigenschaften wirkt sie sich sogar positiv auf den Alterungsprozess aus. Außerdem stärkt sie das Immunsystem, beugt Herzkrankheiten vor, stärkt Nieren und Leber, wirkt Stress und Erschöpfungszuständen entgegen und reduziert hohen Blutdruck.

Zutaten für 1 Portion:

- 1 Apfel
- 1 Birne
- 1 Banane
- 2 Kiwis
- 1 EL Basilikum
- 1 EL Limettensaft
- 1 EL Gojibeeren
- 1 EL Mandeln, gehackt
- 1 EL Knuspermüsli

Zubereitung:

1. Den Apfel, die Birne, die Banane und eine Kiwi zerkleinern und im Mixer zu einer cremigen Masse pürieren.

2. Basilikum und Zitronensaft dazugeben und ebenfalls pürieren.

3. Die cremige Masse in die Bowl geben und die übrige Kiwi in Scheiben schneiden.

4. Die Kiwischeiben auf dem Smoothie drapieren und mit den Beeren, den Mandeln und dem Knuspermüsli dekorieren. Guten Appetit.

Good-Life-Bowls - Die perfekte Mahlzeit für jede Lebenslage

Jetzt hast du für jede Stimmung das passende Rezept! Mit diesen Good-Life-Bowls hast du die perfekte Mahlzeit für jede Lebenslage. Good-Life-Bowls sind gesunde, nährwertige Schüsselchen. Diese Bowls sind perfekt als Mittagsgericht geeignet und halten dich lange satt.

Happy-Bowl mit Quinoa

Quinoa macht lange satt und glücklich. Sie enthält ausreichend Proteine und das bunte Gemüse sorgt für einen Vitaminkick. Das perfekte Rezept für eine extra Portion Freude.

Zutaten für 3 Portionen:

- 200 g Quinoa
- 3 Möhren
- 1 Brokkoli
- 100 g Rotkohl
- 1 Avocado
- 1 EL Salz
- 1 TL Paprikapulver
- 1 TL schwarzer Pfeffer
- 1 TL Oregano
- 1 Messerspitze Knoblauchpulver
- 1 Messerspitze Chilipulver
- 500 ml Wasser
- Tabasco
- Salz

- Pfeffer

Zubereitung:

1. Die Möhren in feine Streifen schneiden, den Brokkoli in kleine Röschen aufteilen und den Rotkohl in feine Scheiben schneiden.

2. Die Gewürze miteinander vermengen.

3. Das Wasser aufkochen lassen und die Quinoa mit dem Gemüse und den Gewürzen ca. 10 Minuten köcheln lassen.

4. Avocado in Scheiben schneiden.

5. Quinoa und Avocado ansprechend in den Schüsseln verteilen. Je nach Geschmack die Quinoa nachwürzen.

6. Mit etwas Tabasco verfeinern.

7. Die Glücksmahlzeit genießen.

Relax-Bowl mit Hirse und Kichererbsen

An manchen Tagen läuft alles anders, als es soll. Wenn der stressige Alltag einen furchtbar aufgewühlt hat, braucht man etwas zum Herunterfahren. Die Relax-Bowl sorgt mit Hülsenfrüchten für Entspannung. Denn Hülsenfrüchte beruhigen die Nerven.

Zutaten für 3 Portionen:

- 150 g Hirse
- 200 g grüne Bohnen
- 150 g Kichererbsen
- 50 ml Olivenöl
- 400 ml Gemüsebrühe
- 1 Bund Petersilie
- Salz
- Pfeffer

Zubereitung:

1. Die Hirse in der Gemüsebrühe 30 Minuten köcheln. Anschließend etwa10 Minuten ziehen lassen.

2. Die Bohnen putzen, Stiele entfernen und ggf. lange Bohnen halbieren. Die Bohnen in etwas Wasser ca. 7 Minuten köcheln.

3. Die Kichererbsen mit Wasser abspülen.

4. Kichererbsen und grüne Bohnen in Olivenöl anbraten.

5. Hirse nach Bedarf mit Salz und Pfeffer würzen. Dann die Hirse, Kichererbsen und Bohnen aufgeteilt in den Schüsseln verteilen.

6. Hirse mit Petersilie bestreuen.

7. Die Relax-Bowl entspannt genießen.

Anti-Stress-Bowl mit Spinat und Avocado

Avocados und Spinat sind reine Stresskiller. Avocados beruhigen die Nerven, da sie reich an ungesättigten Fetten, Vitamin B1, Kalium und Magnesium sind. Spinat wirkt ausgleichend auf die Nerven, da er der Topkaliumlieferant ist. Besonders frischer, kaum behandelter Spinat sorgt für Ausgeglichenheit.

Zutaten für 2 Portionen:

- 100 g Quinoa
- 2 Karotten
- 1 rote Zwiebel
- 200 g TK-Erbsen
- 100 g Blattspinat
- 1 Avocado
- 4 EL Essig
- 1 EL Ahornsirup
- 2 EL Sonnenblumenkerne
- 2 EL Erdnussbutter

- 1 Zitrone
- 1 EL Sojasoße
- ½ Chilischote

Zubereitung:

1. Die Quinoa mit 200 ml gesalzenem Wasser aufkochen. Bei geringer Wärmezufuhr etwa 15 Minuten mit verschlossenem Deckel köcheln lassen.

2. Die Zwiebel in Ringe schneiden und mit 4 EL Essig und 1 EL Ahornsirup dünsten, bis die Flüssigkeit verdampft ist.

3. Die Erbsen etwa 2 - 3 Minuten in kochendem Wasser auftauen. Dann abgießen und abtrocknen.

4. Die Karotten fein raspeln, den Spinat putzen und hacken, die Avocado in Scheiben schneiden.

5. Für das Dressing die Zitrone pressen und die Chilischote fein hacken. Zitronensaft und Chili mit 2 EL Erdnussbutter, 1 EL Sojasoße und 6 EL Wasser vermengen.

6. Die Quinoa auf zwei Schälchen aufteilen. Die weiteren Zutaten ansprechend darüber verteilen.

7. Mit Sonnenblumenkernen bestreuen und mit etwas Dressing beträufeln. Guten Appetit.

Energie-Bowl mit Haferkörnern und Kurkuma

Manchmal ist man einfach müde und ausgelaugt. Das kann am Wetter liegen, an einem stressigen Arbeitstag oder man hat einfach schlecht geschlafen. Das ist der perfekte Tag für eine Energie-Bowl. Hafer gilt als Energie gebende Nahrung und Kurkuma ist der Wachmacher schlechthin. Nebenbei sorgt Kurkuma außerdem für eine schöne gelbe Farbe.

Zutaten für 2 Portionen:

- 100 g körnige Haferflocken
- 150 ml Milch

- 1 TL Kurkuma
- ½ TL Salz
- 250 g Süßkartoffeln
- 250 g Hähnchenbrust
- 1 roter Paprika
- 100 g Naturjoghurt
- 50 g Crème fraîche
- 2 TL Zitronensaft
- 1 TL Sojasoße
- 50 ml Olivenöl
- 1 TL Senf
- Salz
- Pfeffer

Zubereitung:

1. Die Süßkartoffeln schälen und in dünne Scheiben schneiden. Mit Öl beträufelt nebeneinander auf ein Backblech legen. Dann bei 180 °C Umluft 20 – 30 Minuten backen. Anschließend mit etwas Salz würzen.

2. In der Zwischenzeit die Hähnchenbrust in Scheiben schneiden und von beiden Seiten goldbraun braten. Das Fleisch mit Sojasoße und nach Bedarf mit Salz und Pfeffer würzen.

3. 150 ml Milch aufkochen. Nach und nach die Haferflocken dazugeben und kurz köcheln lassen. Mit Kurkuma und Salz würzen. Den Haferbrei von der Kochstelle nehmen und 5 - 10 Minuten ziehen lassen.

4. Währenddessen den Paprika in Scheiben schneiden.

5. Den Joghurt, Crème fraîche, den Zitronensaft und den Senf miteinander vermischen. Nach Bedarf mit Salz und Pfeffer würzen.

6. Nun können die einzelnen Bestandteile zu einer verführerischen Bowl zusammengefügt werden.

7. Energie tanken und satt werden.

Focus-Bowl mit Lachs, Avocado und Walnüssen

Die Focus-Bowl steigert sowohl die Konzentration als auch die Leistungsfähigkeit. Lachs, Avocado und Nüsse gelten als Energielieferanten fürs Gehirn. Das perfekte Brainfood für wichtige Tage.

Zutaten für 2 Portionen:

- 2 EL Olivenöl
- 2 EL Kräuterbutter
- 500 g Kartoffeln
- 1 Paprika
- 250 g Magerquark
- 50 ml Schlagsahne
- ½ Bund Schnittlauch
- ½ Bund Dill
- ½ Bund Petersilie
- 1 Gurke
- 1 Avocado
- 200 g Räucherlachs
- 1 EL Walnüsse, gehackt
- Salz
- Pfeffer

Zubereitung:

1. Die Kartoffeln schälen, in Würfel schneiden und kurz in kaltes Wasser legen.

2. In der Zwischenzeit den Paprika in mundgerechte Stücke schneiden.

3. Die Kartoffeln 5 Minuten auf höchster Stufe braten. Die Pfanne mit einem Deckel verschließen. Dann die Kartoffelwürfel wenden und die Hitzezufuhr etwas reduzieren. Die Kartoffeln etwa 30 Minuten braten lassen. Zwischendurch immer mal wieder wenden.

4. Den Quark mit der Sahne vermischen. Die Kräuter klein hacken und beifügen. Alles gründlich miteinander vermischen.

5. 10 Minuten vor Ende der Garzeit den Paprika und die Kräuterbutter zu den Kartoffeln hinzufügen.

6. Die Gurke in Streifen schneiden und die Avocado in Scheiben schneiden.

7. Die Bratkartoffeln nach Bedarf mit Salz und Pfeffer würzen.

8. Bratkartoffeln, Lachs, Gurke, Avocado und Quark ansprechend auf die Schüsseln verteilen und mit Walnussstückchen bestreuen.

9. Nun können Gehirn und Gaumen geweckt werden.

Healthy-Bowl mit Ingwer, Chili und Zitrone

Die Healthy-Bowl beugt Erkältungen vor und hilft ihnen beim Abklingen. Ingwer gilt als der Erkältungskiller Nummer eins, die Chilischote sorgt für die nötige Schärfe und das darin enthaltene Capsaicin ist in Nasensprays enthalten. Außerdem hilft Capsaicin bei Hustenbeschwerden. Die Zitrone liefert zusätzlich Vitamin C. Die perfekte Bowl für kalte Tage.

Zutaten für 2 Portionen:

- 125 g brauner Naturreis
- 200 g Hähnchenbrustfilet
- 2 Paprika
- 1 Chilischote
- 40 g Ingwer
- 1 TL Oregano
- 1 Dose Kidneybohnen
- ½ Zitrone
- Salz
- Olivenöl

Zubereitung:

1. Den Reis aufkochen und ca. 10 Minuten im zugedeckten Topf ziehen lassen.

2. Hähnchenbrustfilet in Würfel schneiden und mit etwas Olivenöl von allen Seiten goldbraun braten.

3. Inzwischen die Paprika in mundgerechte Stücke schneiden, die Chilischote entkernen und gemeinsam mit dem geschälten Ingwer fein hacken.

4. Die Paprika mit der gehackten Chilischote in etwas Olivenöl andünsten. Die Kidneybohnen mit dem Oregano und 2 EL Wasser 5 Minuten köcheln lassen.

5. Reis, Hähnchen und Gemüse hübsch in die Schüssel packen und mit dem restlichen Ingwer bestreuen.

6. Mit der halben Zitrone beträufeln und genussvoll gesund werden.

Poke-Bowls - Die Mahlzeit mit frischem Fisch

Sushi selber machen und das ganz ohne Rollen! Jetzt gibt es Sushi aus der Schüssel und das spart jede Menge Zeit. Sushi bedeutet übrigens mit Essig angesäuerter Reis. Dieser Reis wird, je nach Rezept, mit rohem oder geräuchertem Fisch, mit Meeresfrüchten oder mit Gemüse kombiniert.

Thunfisch-Bowl mit Avocados

Zutaten für 4 Portionen:

- 300 g brauner Naturreis
- 600 g roher Thunfisch
- 2 Frühlingszwiebeln
- 3 Möhren
- 2 Avocados
- 3 TL Sojasoße
- 2 TL Sesamöl
- 1 EL Reisweinessig
- 1 cm Ingwer
- 2 Knoblauchzehen
- Sesam

Zubereitung:

1. Den Ingwer und die Knoblauchzehen fein hacken. Die Zwiebeln in feine Ringe schneiden.

2. Den Thunfisch in kleine Würfel schneiden. Dann den Thunfisch mit Sojasoße, Sesamöl, Essig, Ingwer und Knoblauch vermischen. Nun mindestens eine Stunde im Kühlschrank ziehen lassen.

3. Den Reis in Salzwasser aufkochen. Anschließend bei geschlossenem Deckel etwa 10 Minuten köcheln lassen.

4. Kurz vor dem Verzehr die Möhren raspeln und die Avocados würfeln.

5. Den Reis, die Möhren, Thunfisch und die Avocadowürfel appetitlich in den Bowls verteilen. Mit Sesam bestreuen und genießen.

Thunfisch-Bowl mit Sesam

Zutaten für 2 Portionen:

- 200 g Sushi-Reis
- 500 g Thunfischsteaks
- 2 Lauchzwiebeln
- 1 Romanasalat
- 1 Chilischote
- 50 ml Sojasoße
- 1 EL Sesamöl
- 1 TL Ingwer
- 2 TL Macadamianüsse
- Salz
- Öl

Zubereitung:

1. Den Reis waschen. Anschließend in 250 ml Wasser eine Stunde lang, bedeckt ziehen lassen.

2. Den Sushi-Reis aufkochen und anschließend bei geringer Wärmezufuhr bedeckt etwa 20 Minuten köcheln lassen.

3. Die Lauchzwiebeln und die Chilischote waschen. Die Lauchzwiebeln in Ringe schneiden. Die Chilischote entkernen und fein hacken.

4. Die Sesamkörner in etwas Öl unter ständigem Rühren anrösten.

5. Die Thunfischsteaks in mundgerechte Würfel schneiden. Die Salatblätter waschen und grob zerkleinern.

6. Die Sojasoße mit dem Sesamöl, der gehackten Chilischote und etwas Salz vermengen und die Thunfischwürfel damit marinieren. Im Kühlschrank etwa 20 Minuten ziehen lassen.

7. Den Reis auf die Schüsseln aufteilen. Die Salatblätter darüber geben und die Thunfischwürfel darauflegen. Die Lauchringe ansprechend darüber verteilen und die Bowl mit den gerösteten Nüssen betreuen. Guten Appetit.

Tofu-Bowl mit Gurke und Avocado

Zutaten für 2 Portionen:

- 200 g Sushi-Reis
- 3 EL Sushi-Essig
- 1 Avocado
- ½ Gurke
- 1 Möhre
- 150 g Räuchertofu
- 2 TL Wasabi-Paste
- 2 EL Sesamsamen
- Zitronensaft
- Sojasoße

Zubereitung:

1. Den Reis waschen. Anschließend in 250 ml Wasser, eine Stunde lang, bedeckt ziehen lassen.

2. Den Sushi-Reis aufkochen und anschließend bei geringer Wärmezufuhr bedeckt etwa 20 Minuten köcheln lassen. Dann das überschüssige Wasser abgießen und den Essig mit dem Reis vermengen. Den Reis gut abkühlen lassen.

3. Nun die Avocado halbieren, den Kern entfernen und mit einem Löffel das

Fruchtfleisch in feinen Streifen ausheben. Um eine Bräunung zu verhindern, mit etwas Zitronensaft beträufeln.

4. Die Gurke halbieren und das Kerngehäuse mit einem kleinen Löffel ausschaben. Das Fruchtfleisch würfeln.

5. Die Möhre mit einem Spiralschneider oder einem Sparschäler in dünne Scheiben schneiden.

6. Der Tofu ebenfalls in Scheiben schneiden.

7. Den kalten Reis in die Bowls geben und mit den Avocadostreifen, der Gurke, den Möhrenscheiben und dem Tofu ansprechend garnieren.

8. Als Topping etwas Wasabi-Paste, Sesamsamen und Sojasoße dazugeben und die Bowl genießen.

Lachs-Bowl mit Sesam und Röstzwiebeln

Zutaten für 1 Portion:

- 80 g Sushi-Reis
- 1 EL Sushi-Essig
- 150 g roher Lachs
- ½ Avocado
- 1 EL Mayonnaise
- 1 TL Sriacha-Soße
- 1 TL Sesamöl
- 2 TL Sesam
- Sojasoße

Zubereitung:

1. Den Reis waschen. Anschließend in 150 ml Wasser, eine Stunde lang, bedeckt ziehen lassen.

2. Den Sushi-Reis aufkochen und anschließend bei geringer Wärmezufuhr bedeckt etwa 20 Minuten köcheln lassen. Dann das überschüssige Wasser

abgießen und den Essig mit dem Reis vermengen. Den Reis gut abkühlen lassen.

3. 1 EL Mayonnaise mit 1 TL Sriacha-Soße vermengen.

4. Den Lachs in ca. 2 cm große Würfel schneiden und mit der scharfen Mayo marinieren.

5. Die Avocado in dünne Scheiben schneiden.

6. Den kalten Reis mit einem TL Sesamöl beträufeln. Nun den Lachs und die Avocadoscheiben dazugeben. Vor dem Servieren mit Sesam und Röstzwiebeln bestreuen und bei Bedarf mit etwas Sojasoße beträufeln. Guten Appetit!

Sushi-Gemüse-Bowl mit Algen

Zutaten für 2 Portionen:

- 200 g Sushi-Reis
- 1 EL Sushi-Essig
- 2 Nori-Algenblätter
- 2 Möhren
- 1 Gurke
- 1 Avocado
- 2 TL Sesam
- 2 EL Sojasoße
- 3 EL Sesamöl
- 2 Messerspitzen Wasabi-Paste

Zubereitung:

1. Den Reis waschen. Anschließend in 250 ml Wasser, eine Stunde lang, bedeckt ziehen lassen.

2. Den Sushi-Reis aufkochen und anschließend bei geringer Wärmezufuhr bedeckt etwa 20 Minuten köcheln lassen. Dann das überschüssige Wasser abgießen und den Essig mit dem Reis vermengen. Den Reis gut abkühlen lassen.

3. Die Algenblätter in dünne Streifen schneiden. Die Möhren, die Gurke und die Avocado in dünne Scheiben schneiden.

4. Nun 2 EL Sojasoße, 3 EL Sesamöl, 2 Messerspitzen Wasabi-Paste und 2 EL Öl für das Dressing miteinander vermengen.

5. Den Reis in die Schüsselchen geben. Dann das Gemüse, die Noriblätter und die Avocadoscheiben ansprechend darüber verteilen und mit Sesam bestreuen. Zum Schluss mit dem Dressing übergießen und verzehren.

Bowl Hawaii mit Lachsfilet

Zutaten für 3 Portionen:

- 200 g Sushi-Reis
- 1 EL Sushi-Essig
- 400 g Lachsfilet
- ½ Ananas
- ½ Gurke
- 15 Cherrytomaten
- 4 EL Sojasoße
- 1 EL Sesamöl
- 1 EL Reiseessig
- 1 TL süßsaure Soße
- 1 TL Zucker
- 1 EL Sesam

Zubereitung:

1. Den Reis waschen. Anschließend in 250 ml Wasser, eine Stunde lang, bedeckt ziehen lassen.

2. Den Sushi-Reis aufkochen und anschließend bei geringer Wärmezufuhr bedeckt etwa 20 Minuten köcheln lassen. Dann das überschüssige Wasser abgießen und den Essig mit dem Reis vermengen. Den Reis gut abkühlen lassen.

3. Den Lachs und die Ananas in 1cm große Würfel schneiden. Die Gurke in dünne Streifen schneiden und die Tomaten halbieren.

4. 1 EL Sesam in einer Pfanne rösten. Etwas Öl hinzufügen und den Lachs scharf anbraten. Er sollte nun von außen geröstet und von innen sehr glasig sein.

5. Den Reis, den Lachs, die Ananas und das Gemüse hübsch in die Bowl schichten. Zum Schluss mit Soße übergießen und genießen.

Lunch-Bowls – Die perfekte Lösung für die Mittagspause

Lunch-Bowls sind der Trend bei amerikanischen Frauen. Sie lassen sich gut am Vortag vorbereiten und liegen nicht schwer im Magen. So kommt das Mittagstief gar nicht erst, und wir können wieder fit, erholt und gesättigt an die Arbeit.

Schnelle Bowl mit Couscous

Zutaten für 1 Portion:

- 1 Süßkartoffel
- 1 Tasse Couscous
- ½ P. Cocktailtomaten
- Gurke
- Thymian
- 2 EL Rapsöl
- 1 TL Essig
- Zitrone
- Salz
- Pfeffer

Zubereitung:

1. Etwas Öl mit Thymian, Salz und Pfeffer mischen.

2. Süßkartoffel in kleine Würfel schneiden und mit der Gewürzmischung einreiben. Nun die Würfel, möglichst nebeneinander, auf ein Backblech legen und bei 160 °C Umluft etwa 25 - 30 Minuten backen.

3. Währenddessen den Couscous etwa 5 Minuten in heißem Wasser quellen und anschließend abkühlen lassen.

4. Die Gurke in Scheiben schneiden.

5. Für das Dressing Öl, Essig, Salz und Pfeffer miteinander vermengen.

6. Couscous und Süßkartoffeln vollständig abkühlen lassen.

7. Alle Zutaten, bis auf das Dressing, können jetzt bereits in der Schüssel angerichtet werden. Die Bowl sollte im Kühlschrank aufbewahrt werden.

8. Vor dem Verzehr die Bowl mit dem Dressing übergießen und genießen.

Hirten-Bowl mit Quinoa und Schafskäse

Zutaten für 1 Portion:

- 80 g Quinoa
- 1 Möhre
- 3 Kirschtomaten
- etwas Blattsalat
- 50 g Schafskäse
- 1 TL Senf
- 100 ml Joghurt
- 30 ml Essig
- 50 ml Rapsöl
- 1 TL Salz
- 2 TL Zucker

Zubereitung:

1. Quinoa aufkochen, etwa 10 - 15 Minuten köcheln lassen und anschließend abkühlen lassen.

2. Die Möhre schälen und raspeln. Tomaten halbieren, Salat waschen und klein zupfen, Schafskäse in mundgerechte Würfel schneiden.

3. Für das Dressing den Joghurt mit Essig, Öl, Senf, Salz und Zucker vermischen.

4. Die abgekühlte Quinoa mit dem Gemüse und dem Salat ansprechend in die Bowl füllen und im Kühlschrank aufbewahren.

5. Die Schafskäsewürfel im Dressing einlegen und ebenfalls im Kühlschrank aufbewahren.

6. Vor dem Verzehr das Dressing mit dem Schafskäse auf die Bowl geben und den Mittagssnack schmecken lassen.

Asia-Bowl mit Putenbrust und Reis

Zutaten für 1 Portion:

- 100 g Basmatireis
- 100 g Putenbrust
- 1 Möhre
- 20 g Sojasprossen
- 1 Paprika
- 1 EL Sojasoße
- 1 TL Erdnussöl
- 1 TL Currypulver
- 1 Messerspitze Koriander
- Salz
- Pfeffer

Zubereitung:

1. Den Reis etwa 15 Minuten bei mittlerer Hitze köcheln lassen.

2. Die Möhre schälen und raspeln. Den Paprika in dünne Streifen schneiden.

3. Putenbrust in Streifen schneiden und anbraten.

4. Nach etwa 7 Minuten die Möhren hinzugeben. Weitere 2 Minuten später den Paprika und die Sojasprossen hinzufügen. Nun mit der Sojasoße übergießen und mit Currypulver, Koriander, Salz und Pfeffer würzen.

5. Die Zutaten abkühlen lassen und anschließend die gefüllte Bowl im Kühlschrank verwahren.

Couscous-Bowl mit Kichererbsen

Zutaten für 1 Portion:

- 150 ml Gemüsebrühe
- 1 Zitronenscheibe
- 100 g Couscous
- 1 Tomate
- 1 Handvoll Rucola
- 50 g Kichererbsen
- 1 TL Essig
- Salz
- Pfeffer

Zubereitung:

1. Den Couscous mit dem Zitronensaft aus der Scheibe, ca. 10 Minuten in der heißen Gemüsebrühe quellen lassen.

2. Die Tomate in Würfel schneiden.

3. Den abgekühlten Couscous, die Tomatenstücke, die Kichererbsen und den Rucola appetitlich in die Schüssel füllen und im Kühlschrank aufbewahren.

4. Vor dem Verzehr den Essig und etwas Salz und Pfeffer über die Bowl geben und genießen.

Mie-Nudel-Bowl mit Ei und Avocado

Die Mie-Nudel-Bowl lässt sich in 5 Minuten während der Pause herrichten. So hast du eine schnelle gesunde Mahlzeit auf der Arbeit.

Zutaten für 1 Portion:

- 1 Portion Mie-Nudeln
- ½ Avocado
- 1 gekochtes Ei

- 1 Möhre
- 20 ml Balsamico

Zubereitung:

1. Die Nudeln zerkleinern und mit kochendem Wasser übergießen.

2. Während die Nudeln ziehen, die Avocado und die Möhre in mundgerechte Streifen schneiden. Das Ei in Scheiben schneiden.

3. Die Mie-Nudeln abtropfen lassen und in die Schüssel geben. Anschließend Avocado, Ei und Möhre ansprechend hineinlegen.

4. Mit Balsamico übergießen und die Bowl frisch verzehren.

Italienische Bowl mit Zucchini

Zutaten für 1 Portion:

- ½ Zucchini
- 1 Paprika
- 5 Cocktailtomaten
- etwas Rucola
- 1 Chilischote
- 1 EL Kürbiskerne
- 1 Zitronenscheibe
- 1 EL Pesto

Zubereitung:

1. Zucchini mithilfe eines Spiralschneiders oder alternativ eines Kartoffelschälers, in lange Streifen schneiden. Den Paprika in Streifen schneiden und die Tomaten halbieren. Die Chilischote fein hacken.

2. Zucchini, Paprika, Tomaten und Rucola schön in eine Schüssel drapieren. Mit dem Chili und den Kürbiskernen bestreuen und im Kühlschrank aufbewahren.

3. Vor dem Verzehr die Zitronenscheibe über der Bowl auspressen und das Pesto als Topping platzieren. Nun kann die leichte italienische Bowl gegessen werden.

Mexikanische Bowl mit Thunfisch

Zutaten für 1 Portion:

- 1 Dose Thunfisch
- ½ Dose Mais
- 50 g Langkornreis
- 1 Zitrone
- etwas Eisbergsalat
- ½ Dose Kidneybohnen
- ¼ rote Zwiebel
- 50 g Feta
- Salz

Zubereitung:

1. Reis in Salzwasser aufkochen. Anschließend bei geringer Wärmezufuhr ca.15 Minuten bei geschlossenem Deckel köcheln lassen.

2. Eine halbe Zitrone auspressen. Die andere Hälfte in Stücke schneiden. Je nach Bedarf die gewünschte Anzahl Salatblätter waschen und zupfen. Den Feta in kleine Würfel schneiden.

3. Den Reis mit dem Zitronensaft vermengen. Nach Geschmack Salz hinzufügen.

4. Die Salatblätter in die Schüssel legen. Nun die Kidneybohnen und den Reis hinzufügen. Thunfisch, Mais und Fetawürfel darüber verteilen und mit den Zitronenstücken dekorieren.

5. Die leckere Bowl im Kühlschrank verwahren oder sofort genießen.

Vegane Bowls – Lecker, ganz ohne tierische Produkte

Dass auch vegan kochen ganz unkompliziert sein kann, beweisen vegane Bowls. Mindestens genauso unkompliziert, wie die Bowls mit tierischen Produkten und auch für Nicht-Veganer superlecker.

Erdnuss-Bowl mit Tofu und Kichererbsen

Zutaten für 1 Portion:

- 50 g brauner Reis
- 1 Karotte
- ½ Brokkoli
- 2 TL Olivenöl
- 1 Dose Kichererbsen
- 100 g Tofu
- 2 EL Sesamöl
- 3 EL Sojasoße
- 3 EL Ahornsirup
- 4 EL Erdnussbutter

Zubereitung:

1. Reis in Salzwasser aufkochen. Anschließend im zugedeckten Topf etwa 10 Minuten köcheln lassen.

2. Den Tofu auf ein Backblech legen und bei 200 °C etwa 25 Minuten im Ofen garen lassen.

3. Für die Soße das Sesamöl, die Sojasoße, den Ahornsirup und die Erdnussbutter miteinander vermengen. Es soll eine glatte Masse entstehen.

4. Den Tofu in der Hälfte der Soße einlegen. Die andere Hälfte zur Seite stellen.

5. Nun den Brokkoli und die Karotten schneiden. Dann mit dem Olivenöl, einer Prise Salz und Pfeffer anbraten. Den marinierten Tofu dazugeben und mitbraten, bis er goldbraun ist.

6. Den Reis, das Tofugemüse und die Kichererbsen ansprechend in die Schüssel geben und mit der restlichen Soße übergießen.

7. Gemütlich machen und genießen.

Süßkartoffel-Bowl mit Brokkoli und Linsen

Zutaten für 2 Portionen:

- 1 Süßkartoffel
- 1 Brokkoli
- 1 Zwiebel
- 1 Tasse grüne Linsen
- 100 ml Sonnenblumenöl
- 80 ml Sojamilch
- 1 TL Essig
- 1 TL Zucker
- 1 TL heller Sirup
- 1 Knoblauchzehe
- Salz
- Pfeffer
- Koriander

Zubereitung:

1. Die Süßkartoffel schälen und in dünne Scheiben schneiden. Nach Geschmack mit Salz und Pfeffer würzen. Jetzt in einer Lage auf einem Backblech auslegen. In den auf 200 °C vorgeheizten Ofen geben und ca. 40 Minuten backen.

2. Die Linsen aufkochen lassen und anschließend bei geringer Wärmezufuhr etwa 30 Minuten köcheln lassen.

3. Den Brokkoli in Röschen schneiden. Die Zwiebel in Scheiben schneiden.

Brokkoli und Zwiebel in etwas Öl anbraten. Mit Salz, Pfeffer und etwas Koriander würzen. Bei geringer Wärmezufuhr ca. 15 Minuten garen. Die Pfanne sollte stets mit einem Deckel verschlossen sein.

4. Für ein veganes Aioli wird die Sojamilch mit 30 ml Sonnenblumenöl ca. 1 Minute bei höchster Stufe in den Mixer gegeben. Nach und nach weitere 40 ml Öl dazugeben. Dann den Essig, den Zucker, den Sirup und die gehackte Knoblauchzehe zufügen.

Tipp: Der Dip schmeckt nach 2 Stunden im Kühlschrank am besten.

5. Nun alles schön in die Schüssel drapieren, mit Aioli beträufeln und schmecken lassen.

Glutenfreie Bowl mit Rosinen

Zutaten für 2 Portionen:

- 150 g brauner Naturreis
- 6 Radieschen
- 1 Dose Kichererbsen
- 200 g Rosinen
- 40 g Brunnenkresse
- 2 Schalotten
- Basilikum
- Salz
- Pfeffer
- Öl
- Essig

Zubereitung:

1. Reis in Salzwasser aufkochen. Anschließend bei geschlossenem Deckel etwa 10 Minuten köcheln lassen.

2. Radieschen und Schalotten in Scheiben schneiden.

3. Die Stiele der Brunnenkresse entfernen.

4. Den Reis, die geschnittenen Radieschen, Schalotten, die Kichererbsen sowie die Kresse und die Rosinen ansprechend in den Schüsseln verteilen.

5. Mit Basilikum, Salz und Pfeffer garnieren, nach Geschmack mit Öl und Essig beträufeln und genießen.

Grünkohl-Bowl mit gebratenen Rüben

Zutaten für 1 Portion:

- 125 g Langkornreis
- 1 Tasse Grünkohl
- ½ Dose Kichererbsen
- 1 EL Olivenöl
- 1 EL Sesamsamen
- 1 EL Sesampaste
- 1 EL Misopaste
- 1 TL Zitronensaft

Zubereitung:

1. Die Rüben schälen und in mundgerechte Stücke würfeln. Auf ein mit Alufolie ausgelegtes Backblech geben und bei 200 °C ca. 40 – 45 Minuten braten.

2. Den Langkornreis in Salzwasser aufkochen. Dann etwa 15 Minuten bei geringer Wärmezufuhr köcheln lassen.

3. Währenddessen den Grünkohl mit 1 EL Olivenöl in einer beschichteten Pfanne bei mittlerer Hitze anbraten, bis der Grünkohl zu welken beginnt.

4. Für das Zitronendressing 1 EL Sesampaste, 1 EL Misopaste, 1 TL Zitronensaft und 3 EL Wasser miteinander vermengen.

5. Die Rüben, den Reis und den Grünkohl appetitlich in die Bowl geben.

Dann mit der Zitronensoße nach Geschmack beträufeln und schmecken lassen.

Kuba-Bowl mit schwarzen Bohnen, Reis und Süßkartoffeln

Zutaten für 4 Portionen:

- 250 g brauner Reis
- 1 Avocado
- 1 Dose schwarze Bohnen
- 2 Süßkartoffeln
- 4 Tomaten
- 1 rote Zwiebel
- 4 Jalapeños
- 3 EL Koriander
- 1 EL Kokosöl
- 1 TL Kreuzkümmel
- 2 Limetten
- Salz

Zubereitung:

1. Reis in Salzwasser aufkochen. Anschließend bei geschlossenem Deckel etwa 10 Minuten köcheln lassen.

2. Die Tomaten in kleine Würfel und die Zwiebel in kleine Stücke schneiden. Die Jalapeños in dünne Ringe schneiden. Tomaten, Zwiebel und Jalapeños mit 3 EL Koriander und etwas Salz miteinander vermengen und ziehen lassen.

3. Süßkartoffeln in mundgerechte Würfel schneiden. Kokosöl in einer Pfanne bei mittlerer Hitze heiß werden lassen. Die gewürfelten Süßkartoffeln mit 1 TL Kreuzkümmel und Salz nach Geschmack in die Pfanne geben. Die Süßkartoffeln etwa 10 Minuten braten, bis sie von beiden Seiten goldbraun geworden sind.

4. Währenddessen die schwarzen Bohnen in einem kleinen Topf bei niedriger Stufe erwärmen und die Avocado sowie die Limetten in Scheiben schneiden.

5. Den Reis, die Süßkartoffeln und die schwarzen Bohnen ansprechend in die Bowls füllen. Nun mit der Avocado und den Limettenscheiben garnieren.

6. Die Tomatensoße auf den Reis geben und das Geschmackserlebnis kann beginnen.

Gemüsenudel-Bowl mit Tofu

Zutaten für 3 Portionen:

- 8 Stück Tofu, fest
- 1 Gurke
- 3 Karotten
- 6 Radieschen
- 1 Avocado
- 3 Minzeblätter
- 1 Frühlingszwiebel
- 2 EL Koriander
- 2 EL Cashewnüsse
- 1 Limette
- Salz
- Sriacha
- 100 ml Sojamilch
- 4 EL Essig
- 200 ml Öl
- 200 ml Gemüsebrühe
- 1 Zwiebel
- 2 Knoblauchzehen
- 1 EL Senf

- Kräutersalz

Zubereitung:

1.Tofu in Würfel schneiden. Auf ein mit Backpapier ausgelegtes Blech geben und mit etwas Salz in den bei 200 °C vorgeheizten Ofen geben. Den Tofu etwa 15 – 20 Minuten backen.

2. Mit einem Spiralschneider oder alternativ einem Kartoffelschäler, die Gurke und die Karotten in „Nudeln" schneiden. Die Radieschen und die Frühlingszwiebel in Scheiben schneiden. Die Avocado in mundgerechte Stücke würfeln und die Limette in gleichmäßige Stücke schneiden.

3. Den Tofu mit etwas Sriacha würzen.

4. Für das French Dressing die Zwiebel und die Knoblauchzehen grob hacken und in der Gemüsebrühe sehr weich kochen. Dann abkühlen lassen. Die Sojamilch mit 1 EL Essig verrühren und kurz stehen lassen, damit die Milch etwas ausflockt. Dann 1 EL Senf dazugeben und kurz mit einem Stabmixer mixen. Während des Mixens nach und nach das Öl hinzufügen. Die Brühe mit dem Knoblauch und der Zwiebel hinzufügen und fein pürieren. Mit dem übrig gebliebenen Essig und etwas Kräutersalz abschmecken.

5. Die Gemüsenudeln, die Radieschenscheiben, die Zwiebelringe, die Avocadostücke und die Tofuwürfel ansprechend in den Schüsseln platzieren. Mit den Limettenstücken garnieren und mit dem Dressing übergießen.

6. Fertig ist die leckere Mahlzeit. Guten Appetit!

California-Bowl mit Quinoa

Zutaten für 3 Portionen:

- 150 g Quinoa
- 300 g Rosenkohl
- 1 roter Paprika
- 1 Zucchini
- 1 rote Zwiebel
- ½ Dose Cannellinibohnen

- 1 Avocado
- 1 EL Zitronensaft
- 1 EL Petersilie
- 3 EL gehackte Walnüsse
- 2 Knoblauchzehen
- 1 EL natives Olivenöl
- Salz
- Pfeffer

Zubereitung:

1. Die Quinoa in 450 ml Wasser zum Kochen bringen. Bei geringer Wärmezufuhr etwa 12 Minuten lang köcheln lassen. Anschließend etwa 10 Minuten quellen lassen, leicht salzen und mit etwas Olivenöl beträufeln.

2. Zucchini und Paprika in Scheiben schneiden. Die Zwiebel würfeln und den Knoblauch hacken. Zwiebeln und Knoblauch in eine mit Olivenöl bestrichene Pfanne geben und andünsten. Das geschnittene Gemüse hinzugeben und mit Salz und Pfeffer würzen. Das Gemüse etwa 15 - 20 Minuten dünsten. Zum Schluss die gehackten Walnüsse hinzugeben und kurz mitdünsten.

3. Den Rosenkohl anschneiden. Dann in Salzwasser zugedeckt aufkochen. Bei mittlerer Hitze ca. 15 - 18 Minuten kochen lassen.

4. Die Avocado würfeln und die Bohnen abtropfen lassen. Die Bohnen und die Avocado mit einem Löffel Zitronensaft, Petersilie, etwas Salz und Pfeffer im Mixer bis zur gewünschten Konsistenz pürieren.

5. Die Quinoa, das gebratene Gemüse, den Rosenkohl und das Bohnenpüree ansprechend in die Servierschalen geben und genießen.

Linsen-Bowl mit gegrillten Maiskolben

Zutaten für 2 Portionen:

- 2 Maiskolben, frisch
- 1 Tasse Belugalinsen
- 3 eingelegte Minizwiebeln

- 60 g Rucola
- 2 EL Pinienkerne, geröstet
- 1 Chilischote
- 4 Basilikumblätter
- 1 Zitrone
- Salz
- Pfeffer
- Olivenöl

Zubereitung:

1. Die Linsen ca. 15 - 20 Minuten zart kochen, abtropfen lassen und etwas abkühlen.

2. In der Zwischenzeit die Maiskolben halbieren und etwa 15 - 20 Minuten in einer Grillpfanne grillen. Die Kerne sollen zart und etwas braun werden.

3. Die Chilischote und die Basilikumblätter fein hacken.

4. Den Rucola, die Maiskolben, die Linsen und die Zwiebeln appetitlich auf die Bowls aufteilen. Pinienkerne, Chili und Basilikum darüber streuen. Nun mit Zitronensaft und Olivenöl beträufeln und mit Salz und Pfeffer würzen.

5. Guten Appetit!

Kürbis-Bowl mit Quinoa und Spinat

Zutaten für 2 Portionen:

- 120 g Quinoa
- 2 EL Petersilie
- 2 EL Kokosöl
- 2 cm Ingwer
- 1 Messerspitze Zimt
- 2 Messerspitzen Kreuzkümmel
- 1 Hokkaidokürbis

- 100 ml Kokosmilch
- 1 TL Zitronensaft
- 1 Knoblauchzehe
- 150 g frischer Spinat
- 1 Messerspitze Muskat
- 50 g rote Trauben
- Olivenöl
- Salz
- Pfeffer

Zubereitung:

1. Die Quinoa in 360 ml Wasser zum Kochen bringen. Bei geringer Wärmezufuhr etwa 12 Minuten lang köcheln lassen. Anschließend etwa 10 Minuten quellen lassen, mit Petersilie bestreuen und mit etwas Olivenöl beträufeln. Gegebenenfalls etwas salzen.

2. Den Ingwer hacken und den Kürbis in mundgerechte Stücke schneiden. Nun das Kokosöl heiß werden lassen und den Ingwer, Zimt und Kreuzkümmel dazugeben. Kurz danach den Kürbis hinzufügen und scharf anbraten. Sobald eine leichte Röstung zu sehen ist, mit 100 ml Kokosmilch und 50 ml Wasser ablöschen. Nun etwa 10 Minuten bei geringer Wärmezufuhr köcheln lassen und mit dem Zitronensaft, Salz und Pfeffer abschmecken.

3. Die Knoblauchzehe pressen oder fein hacken. Den Knoblauch in einen heißen Topf geben und kurz anrösten. Den Spinat mit einer Messerspitze Muskat, etwas Salz und Pfeffer abschmecken. Nun bei geschlossenem Deckel ca. 2 Minuten aufkochen. Im Topf ziehen lassen.

4. Die Quinoa, den Kürbis und den Spinat ansprechend in die Schalen füllen, mit den Trauben garnieren und genießen.

Sommer-Bowl mit Pfirsich und Tofu

Zutaten für 2 Portionen:

- 300 g weißer Tofu

- 2 EL Sojasoße
- 50 g BBQ-Soße
- 1 Zwiebel
- 2 TL Essig
- 1 Prise Zucker
- 3 Paprika
- 1 Zucchini
- 1 Dose Pfirsiche
- 200 g Wassermelone
- Olivenöl
- Salz
- Pfeffer

Zubereitung:

1. Den Tofu in Würfel schneiden. Bei mittlerer Hitze etwa 10 - 12 Minuten anbraten. Regelmäßig wenden. Anschließen mit 2 EL Sojasoße ablöschen und 50 g

BBQ-Soße dazugeben. Den Tofu weitere 5 Minuten in der Soße köcheln lassen und alles gut miteinander vermischen.

2. Die Paprika in Streifen schneiden und die Zucchini in Scheiben schneiden. Die Zwiebel in Ringe schneiden. Die Zwiebelringe mit etwas Olivenöl braun anrösten. 1 TL Essig, 1 Prise Zucker, etwas Salz und Pfeffer hinzufügen. Nun die Paprika und die Zucchini hinzufügen. Alles gut miteinander vermischen und bei geringer Wärmezufuhr etwa 15 - 20 Minuten ziehen lassen.

3. Die Wassermelone in mundgerechte Stücke würfeln und die Pfirsiche abtropfen lassen. Beides miteinander vermischen und mit etwas Salz und Pfeffer würzen.

Kids-Bowls – Leckere Schüsselchen für die Kleinen

Die bunten Schüsselchen können gerade für Kinder ein Appetitanreger sein. Da wird selbst das sonst immer gemiedene Gemüse plötzlich spannend – und wenn die Kinder auch noch bei der Vorbereitung helfen dürfen und ihre Schale selbst dekorieren können, schmeckt das Essen gleich noch besser.

Chicken-Nuggets-Bowl mit süßen Möhrennudeln

Zutaten für 4 Portionen:

- 2 P. Chicken Nuggets
- 200 g Möhren
- 300 g Nudeln
- 400 ml Cremefine zum Kochen
- 3 EL Honig
- 1 EL Kräuter der Provence
- Mehl zum Abbinden
- Salz
- Pfeffer

Zubereitung:

1. Die Chicken Nuggets nach Packungsanweisung zubereiten.

2. Die Nudeln in 1 Liter kochendes Salzwasser geben und ca. 9 - 12 Minuten kochen lassen.

3. Die Möhren schälen und in Scheiben schneiden. In etwas kochendem Salzwasser etwa 10 Minuten zugedeckt kochen.

4. Überschüssiges Wasser abgießen und mit einem Stabmixer auf höchster Stufe fein pürieren. Mit Sahne, Honig, etwas Salz und Pfeffer vermengen

und unter ständigem Rühren aufkochen. Bei geringer Wärmezufuhr etwa 5 Minuten köcheln lassen. Dabei einen EL Kräuter der Provence unterrühren und je nach gewünschter Sämigkeit mit Mehlschwitze abbinden.

5. Die Nudeln abgießen und mit der Möhrensoße vermengen.

6. Die Nudeln und die Nuggets ansprechend in der Bowl anrichten und mit etwas Kräutern garnieren. Nun kann geschlemmt werden.

Rohkost-Bowl mit Kartoffelspalten und Brühwürstchen

Zutaten für 4 Portionen:

- 1 kg Kartoffeln
- 4 EL Olivenöl
- 2 Zweige Rosmarin
- 1 TL Salz
- 1 TL Paprikapulver
- 8 Brühwürstchen
- 2 Paprika
- 1 Gurke
- 16 Cocktailtomaten
- 6 Möhren
- 200 g Frischkäse
- 100 g Schmand
- 1 Packung 8-Kräuter-Mischung, TK
- Zitronensaft
- Ketchup
- Mayonnaise
- Salz
- Pfeffer
- Paprikapulver, edelsüß

Zubereitung:

1. Den Ofen auf 175 °C vorheizen.

2. Rosmarin hacken und mit 4 EL Olivenöl, 1 TL Salz und 1 TL Paprikapulver verrühren.

3. Während die Marinade durchzieht, die Kartoffeln, wenn gewünscht, schälen und in dicke Spalten schneiden.

4. Nun die Kartoffelspalten mit der Marinade vermischen und in einer Lage auf einem Backblech auslegen. Im Ofen etwa 40 - 45 Minuten goldbraun backen.

5. In der Zwischenzeit die Paprika, die Gurke und die Möhren in lange dünne Streifen schneiden.

6. Kurz bevor die Kartoffelspalten fertig gebacken sind, die Brühwürstchen erhitzen.

7. Für den Kräuter-Dip den Frischkäse mit 100 g Schmand verrühren. Nun eine Packung 8-Kräuter-Mischung hinzufügen. 1 Prise Zucker unterrühren und mit Salz, Pfeffer und Zitronensaft abschmecken.

8. Die Kartoffelspalten, das geschnittene Gemüse und die Brühwürstchen ansprechend in der Schüssel verteilen. Die Kartoffelspalten mit Ketchup und Mayonnaise verzieren. Den Dip in die Mitte der Schüssel oder in einem Extrabehälter servieren. Der Dipspass kann beginnen.

Fischstäbchen-Bowl mit Kartoffelpüree und Salat

Zutaten für 4 Portionen:

- 12 Fischstäbchen
- 1 kg Kartoffeln
- 1 Bund Basilikum
- 100 g in Öl eingelegte Tomaten
- 100 ml Olivenöl
- 2 TL Zitronensaft

- 1 Eisbergsalat
- 1 Gurke
- 3 Tomaten
- 2 Paprika

Zubereitung:

1. Die Fischstäbchen nach Packungsanweisung zubereiten.

2. Die Kartoffeln schälen und etwa 20 Minuten in Salzwasser kochen.

3. Das Basilikum waschen, trocknen und zupfen. Die Tomaten fein hacken.

4. 100 ml Olivenöl in einem Topf erhitzen. Die Kartoffeln abgießen, pellen, schneiden und in dem Öl stampfen. Die Tomaten und das Basilikum hinzufügen. Das Kartoffelpüree mit Salz, Zitronensaft und Pfeffer abschmecken.

5. Die Salatblätter abrupfen, waschen und trocken schütteln. Die Gurke schälen und die Tomaten waschen, beides in Scheiben schneiden. Die Paprika in Streifen schneiden.

6. Die Zutaten appetitlich in der Bowl anrichten und am Geschmack erfreuen.

Möhrenpommes-Bowl mit Hähnchenkeulen und Reis

Zutaten für 4 Portionen:

- 8 Hähnchenkeulen
- 3 EL Olivenöl
- 1 EL Honig
- 1 TL Paprikapulver
- 3 EL Sesam
- 500 g Möhrennudeln
- 250 g Langkornreis
- 5 Stiele Petersilie
- 150 ml Schmand

- 2 EL Milch
- 1 TL Apfelessig
- Salz
- Pfeffer
- Zucker

Zubereitung:

1. 2 EL Öl, den Honig, 1/2 TL Paprikapulver, etwas Salz und Pfeffer miteinander verrühren. Die Keulen mit der Marinade einreiben, in eine ofengeeignete Form geben, bei 175 °C Umluft etwa 15 - 20 Minuten backen.

2. Den Langkornreis in Salzwasser aufkochen. Dann etwa 15 Minuten bei geringer Wärmezufuhr köcheln lassen.

3. Den Sesam in eine Pfanne geben und ohne Fett rösten. Dann herausnehmen und abkühlen lassen.

4. Die Möhren schälen und in dicke Stifte schneiden. 1 EL Öl in einem Topf erhitzen und die Möhren darin etwa 2 - 5 Minuten andünsten. Dann 100 ml Wasser dazugeben. Mit 1 Prise Zucker, Paprikapulver, Pfeffer und Salz abschmecken. Die Möhren weitere 5 Minuten köcheln lassen.

5. Für den Dip die Petersilie hacken, Schmand und Milch glatt rühren und die Petersilie unterrühren. Mit Essig, Salz, Pfeffer, 1 Prise Zucker und Paprika abschmecken.

6. Hähnchenkeulen, abgetropften Reis und Möhrenpommes in einer Schüssel schön anrichten. Den Dip in die Mitte oder in ein extra Schälchen geben. Guten Appetit.

Süße Quinoa-Bowl mit Zimt und Früchten

Zutaten für 4 Portionen:

- 300 g Quinoa
- 2 Dosen Kokosmilch
- 2 Mangos

- 1 Ananas
- 2 Äpfel
- 2 Handvoll Granatapfelkerne
- 2 TL Zimt
- 3 EL gehackte Mandeln

Zubereitung:

1. Die Quinoa etwa 15 - 20 Minuten in Kokosmilch köcheln. Je nach Geschmack etwas Honig oder Zucker beifügen.

2. Die Mangos, Ananas und Äpfel in mundgerechte Stücke schneiden.

3. Die Quinoa in die Schüsseln geben und mit etwas Zimt bestreuen. Dann die Bowl mit dem Obst garnieren und die Vitaminbombe verkosten.

Milchreis-Bowl mit Hafermilch und Datteln

Zutaten für 1 Portion:

- 1 Tasse Milchreis
- 4 Tassen Hafermilch
- ½ Mango
- 4 entsteinte Datteln
- 3 EL gehackte, süße Mandeln

Zubereitung:

1. Die Hafermilch in einem Topf erhitzen. Sobald diese heiß wird, den Reis dazugeben. Den Reis kurz aufkochen und danach etwa 20 Minuten bei geringer Wärmezufuhr köcheln lassen.

2. In der Zwischenzeit die halbe Mango schälen und in mundgerechte Stücke schneiden. Die Datteln ebenfalls in kleine Stücke schneiden.

3. Mit dem Milchreis 2/3 der Bowl füllen. Dann die Mangowürfel auf die freien Stellen legen. Danach die Datteln und zum Schluss die gehackten Mandeln verteilen. Guten Appetit.

Sommer-Bowls – Fit und lecker durch den Sommer

Die steigenden Temperaturen im Sommer können den Körper belasten. Je wärmer es wird, desto weniger Appetit haben viele Menschen. Der deftige Schweinebraten klingt unattraktiv und Salat ist oftmals völlig ausreichend. Schweres Essen ist bei hohen Temperaturen eine zusätzliche Belastung für den Körper. Besser sind Obst, Gemüse, leichte Suppen und Salate. Die Sommer-Bowls sorgen für eine ausgewogene Ernährung bei hohen Temperaturen.

Spinat-Bowl mit Kartoffeln

Zutaten für 4 Portionen:

- 800 g Kartoffeln
- 1 Dose Erbsen
- 200 g Blattspinat
- 50 g Radieschen
- 2 EL Zitronensaft
- 3 EL Honig
- 3 EL Johannisbeeressig
- 3 EL süßer Senf
- 1 Knoblauchzehe
- Olivenöl
- Meersalz
- Pfeffer
- Basilikum

Zubereitung:

1. Die Kartoffeln schälen, in Scheiben schneiden und etwa 5 Minuten in kaltem Wasser stehen lassen. Dadurch wird den Kartoffeln die Stärke entzogen.

2. Inzwischen 2 EL Olivenöl, 2 EL Zitronensaft, 3 EL Honig, 3 EL Johannisbeeressig und 3 EL süßen Senf zu einem Dressing vermengen.

3. Die Kartoffelscheiben in eine große, mit Öl bestrichene Pfanne geben. Auf höchster Stufe, zugedeckt 5 Minuten scharf anbraten.

4. Die Kartoffeln wenden und sofort wieder mit dem Deckel verschließen.

5. Nach weiteren 5 Minuten die Temperatur etwas reduzieren und weitere 20 Minuten bei verschlossenem Deckel braten. Zwischendurch die Kartoffeln immer mal wieder wenden.

6. Kurz vor Ende der Garzeit den gepressten Knoblauch dazugeben und mit etwas Salz und Pfeffer würzen.

7. Die Radieschen in dünne Scheiben schneiden und mit den abgetropften Erbsen und dem geputzten Blattspinat mischen.

8. Zum Servieren zuerst das Spinatgemisch in die Schüssel geben. Die Kartoffeln ansprechend darauf verteilen und mit etwas Basilikum garnieren. Guten Appetit.

Rohkost-Bowl mit Pizzabrötchen

Zutaten für 1 Portion:

- 3 Pizzabrötchen
- 1 Rote Bete
- 1 Möhre
- 2 Radieschen
- 3 Cocktailtomaten
- 1 Schalotte
- Himbeer-Balsamicoessig
- gehackte Walnüsse

Zubereitung:

1. Die Pizzabrötchen nach Packungsanweisung aufbacken.

2. Die Rote Bete schälen und mit einer Reibe in feine Streifen reißen. Die Möhre schälen und in Streifen schneiden. Dann die Radieschen waschen, putzen, in Scheiben schneiden, die Tomaten waschen, halbieren und die Schalotte in Ringe schneiden.

3. Die Rote Bete in die Mitte der Schüssel legen und das restliche Gemüse und die Pizzabrötchen ansprechend drum herum verteilen.

4. Etwas gehackte Walnüsse darüber streuen, mit Balsamico beträufeln und genießen.

Gemüse-Bowl mit Quinoa

Zutaten für 4 Portionen:

- 200 g Quinoa
- 2 Möhren
- 1 Brokkoli
- ½ Rotkohl
- 1 Dose Erbsen
- 1 Avocado
- ½ Gurke
- 1 EL Salz
- 2 TL Paprikapulver
- 1 TL schwarzer Pfeffer
- 1 TL Oregano
- 1 TL Basilikum
- 1 TL Chilipulver
- Olivenöl

Zubereitung:

1. Die Gewürze miteinander vermengen.

2. Die Möhre raspeln, den Brokkoli in Röschen teilen, den Rotkohl in fei-

ne Streifen schneiden, die Erbsen abtropfen lassen, die Gurke in Scheiben schneiden und die Avocado in Streifen schneiden.

3. Die Quinoa mit der geraspelten Möhre, den Brokkoliröschen und den Rotkohlstreifen in einen Topf geben und mit 1 TL der Gewürzmischung in einem Liter Wasser aufkochen. Dann weitere 15 Minuten bei geringer Wärmezufuhr köcheln lassen.

4. Die Erbsen unter die Quinoa mischen und bei Bedarf mit Salz und Pfeffer abschmecken.

5. Den Quinoa-Mix gleichmäßig in den Schüsseln aufteilen und mit der Avocado und der Gurke garnieren. Bei Bedarf mit Olivenöl beträufeln. Guten Appetit.

Vitamin-Bowl mit braunem Reis

Zutaten für 4 Portionen:

- 250 g brauner Reis
- 200 g Spargel
- 1 Brokkoli
- 1 Dose Erbsen
- ½ Gurke
- 1 Avocado
- 15 g Babyspinat
- 1 Dose schwarze Bohnen
- 2 EL Mandelmus
- 2 EL Essig
- 2 EL Olivenöl
- 1 EL Hanfsamen
- 1 TL Ahornsirup
- Salz
- Pfeffer

Zubereitung:

1. Den Reis aufkochen und ca. 10 Minuten im zugedeckten Topf ziehen lassen.

2. Die Enden vom Spargel abschneiden und den Brokkoli in Röschen teilen. Die Gurke in dünne Scheiben schneiden und die Avocado in Scheiben schneiden. Den Spinat putzen. Die Bohnen und die Erbsen abtropfen lassen.

3. Den Spargel und den Brokkoli etwa 10 Minuten lang in kochendem Wasser garen. Nach 8 Minuten die Erbsen dazugeben.

4. Für das Dressing das Mandelmus mit dem Essig und Olivenöl vermengen. Je nach Geschmack mit etwas Salz und Pfeffer würzen.

5. Jetzt den Reis auf vier Schüsseln aufteilen. Das gekochte Gemüse darüber geben und mit den Bohnen, der Avocado und der Gurke dekorieren.

6. Zum Schluss mit dem Dressing beträufeln und etwas Hanfsamen darüber streuen. Guten Appetit.

Blumenkohl-Bowl mit Couscous

Zutaten für 2 Portionen:

- 120 g Couscous
- 150 ml Gemüsebrühe
- 1 Blumenkohl
- 8 Kirschtomaten
- 1 Dose Kichererbsen
- 1 Zitrone
- 3 Knoblauchzehen
- 30 g Petersilie
- 2 EL Olivenöl
- 3 EL Sesampaste
- 2 EL Zitronensaft

- 1 EL Essig
- 1 TL Chilipulver
- Salz
- Pfeffer

Zubereitung:

1. Den Blumenkohl in Röschen teilen. Die Röschen dann in Scheiben schneiden. Die Kirschtomaten halbieren. Die Kichererbsen abspülen und die Zitrone in Spalten schneiden.

2. Das Gemüse mit 1 EL Olivenöl, 2 gepressten Knoblauchzehen, Chilipulver, Salz und Pfeffer marinieren und in einer mit Öl bestrichenen Pfanne bei geschlossenem Deckel etwa 15 Minuten garen.

3. Den Couscous in der Gemüsebrühe etwa 10 Minuten quellen lassen.

4. Für die Soße die Sesampaste mit der übrigen Knoblauchzehe, 2 EL Zitronensaft, 1 EL Essig und 50 ml Wasser vermengen und mit Salz und Pfeffer abschmecken.

5. Den Couscous in die Schüsseln geben. Das gebratene Gemüse darüber geben und mit den Zitronenspalten garnieren.

6. Zum Schluss mit dem Dressing beträufeln, mit der gehackten Petersilie bestreuen und genießen.

Hühner-Bowl mit Reis

Zutaten für 4 Portionen:

- 200 g Langkornreis
- 500 g Hähnchenbrustfilet
- 1 Zucchini
- 1 roter Paprika
- 1 gelber Paprika
- 1 grüner Paprika

- 4 Maiskolben
- 1 Dose Kidneybohnen
- ½ Speisezwiebel
- 4 EL Rapsöl
- 1 EL Honig
- 1 l Hühnerbrühe
- 1 Eigelb
- 1 TL Kümmel
- 2 TL Essig
- 1 TL Senf
- Schnittlauch
- Salz
- Pfeffer

Zubereitung:

1. Bei mittlerer Wärmezufuhr 1 EL Öl in einen Topf geben.

2. Die Zwiebel hacken und gemeinsam mit dem Reis dazugeben. Unter ständigem Rühren etwa 2 - 5 Minuten dünsten.

3. Kümmel, Hühnerbrühe und abgetropfte Kidneybohnen dazugeben. Die Brühe aufkochen und bei geringer Wärmezufuhr abgedeckt etwa 20 Minuten köcheln lassen.

4. Inzwischen das Hähnchenfilet in Streifen schneiden und wie gewohnt würzen. Die Hühnerstreifen bei mittlerer Wärmezufuhr mit etwas Öl in einer Grillpfanne braten.

5. Die Zucchini halbieren und in Scheiben schneiden. Die Paprika in mundgerechte Stücke schneiden und die Maiskolben halbieren.

6. Das Huhn herausnehmen und das Gemüse etwa 8 Minuten grillen.

7. Für das Dressing das Eigelb mit einem Schneebesen schlagen. Langsam 2 EL Öl hinzufügen. Dann den Honig und den Senf hinzufügen und mit Salz

und Pfeffer abschmecken. Nochmals aufschlagen und den Essig dazugeben. Zum Schluss den Schnittlauch unterrühren.

8. Das Hühnerfleisch etwa eine Minute zurück in die Pfanne geben und den Reis bei Bedarf abgießen.

9. Jetzt den Reis auf die Schüsseln aufteilen. Das Huhn auf den Reis geben. Mit dem Grillgemüse garnieren.

10. Zum Schluss mit dem Dressing beträufeln und genießen.

Süßkartoffel-Bowl mit Quinoa

Zutaten für 4 Portionen:

- 250 g Quinoa
- 1 große Süßkartoffel
- 1 Dose Chilibohnen
- ½ Avocado
- 1 EL Kokosöl
- 2 EL Olivenöl
- 6 EL Essig
- 1 EL Senf
- 2 EL Honig
- 2 TL Chilipulver
- Zitronensaft
- Thymian
- Salz
- Pfeffer

Zubereitung:

1. Die Quinoa zum Kochen bringen. Bei geringer Wärmezufuhr etwa 12 Minuten lang köcheln und anschließend etwa 10 Minuten quellen lassen.

2. Die Süßkartoffel schälen und in mundgerechte Stücke schneiden.

3. Das Kokosöl schmelzen und über die Süßkartoffel geben. Mit Chilipulver, etwas Salz und Pfeffer würzen.

4. Die Süßkartoffel unter ständigem Rühren etwa 20 Minuten lang in einer Pfanne braten.

5. Die Chilibohnen abtropfen und zu der abgegossenen Quinoa geben.

6. Für das Dressing die Avocado klein schneiden und mit einem Stabmixer pürieren. Den Honig, das Olivenöl, den Essig und etwas Zitronensaft unterrühren. Nach Geschmack mit Thymian, Salz und Pfeffer abschmecken.

7. Die Quinoa auf die Schüsseln aufteilen und mit etwas Zitronensaft beträufeln. Dann die Süßkartoffeln anrichten und etwas Dressing darüber geben. Guten Appetit.

Rucola-Bowl mit Pfirsich

Zutaten für 2 Portionen:

- 150 g Rucola
- 250 g Cherrytomaten
- 2 Stangen Lauchzwiebeln
- 4 Pfirsiche
- 40 g Cashewkerne
- 120 g Quinoa
- 400 g Frischkäse
- 300 ml Gemüsebrühe
- Salz
- Pfeffer

Zubereitung:

1. Die Quinoa in 300 ml Gemüsebrühe aufkochen. Etwa 12 Minuten köcheln lassen und anschließend weiter 10 Minuten ziehen lassen.

2. Pfirsiche in Scheiben schneiden, Rucola waschen, Tomaten halbieren und die Lauchzwiebeln in Ringe schneiden.

3. Den Rucola auf die Bowls verteilen. Das Gemüse und die Pfirsiche darüber verteilen. Darauf die Quinoa geben.

4. Cashewkerne darüber verteilen, mit Frischkäse toppen und etwas Salz und Pfeffer darüber streuen. Guten Appetit.

Salat-Bowl mit Grünkohl

Zutaten für 4 Portionen:

- 200 g Feldsalat
- 2 Karotten
- 500 g Grünkohl
- 2 Avocados
- 12 Kirschtomaten
- 1 Zitrone
- 1 EL Sojasoße
- 2 EL Misopaste
- 1 EL Essig
- 3 EL Mandelbutter
- 2 EL Olivenöl
- 1 EL Ingwer
- 2 Knoblauchzehen

Zubereitung:

1. Feldsalat putzen, Karotten in dünne Scheiben schneiden, Grünkohl hacken, Avocado in Scheiben schneiden, Kirschtomaten halbieren und die Zitrone pressen.

2. Für das Dressing die Sojasoße mit der Misopaste, dem Essig, roher Mandelbutter, Zitronensaft, Olivenöl, Ingwer und gepresstem Knoblauch mischen. Gegebenenfalls etwas Wasser hinzufügen.

3. Salat, Gemüse und Avocado ansprechend auf die Schüsseln verteilen. Dann mit Dressing beträufeln und genießen.

Abend-Bowl mit Süßkartoffeln

Zutaten für 4 Portionen:

- 250 g Buchweizen
- 2 Süßkartoffeln
- 1 Blumenkohl
- 1 Brokkoli
- 1 Zitrone
- 2 EL Olivenöl
- 2 EL Sesampaste
- 4 EL Kürbiskerne
- 1 EL Ahornsirup
- 1 TL Kümmel
- 1 TL Koriander
- 2 TL Kurkuma
- Salz
- Pfeffer

Zubereitung:

1. Den Backofen auf 200 °C vorheizen.

2. Die Zitrone pressen, Blumenkohl und Brokkoli in Röschen teilen. Die Süßkartoffeln schälen und in kleine Würfel schneiden.

3. Olivenöl, Kümmel, Koriander, Kurkuma, Sesampaste, Zitronensaft, Ahornsirup und etwas Salz und Pfeffer miteinander vermengen und gegebenen Falls etwas Wasser dazugeben.

4. Die Süßkartoffeln, Blumenkohl und Brokkoli mit dem Gemisch marinieren und in einer Lage auf ein Backblech legen. Nun etwa 20 - 30 Minuten rösten.

5. Den Buchweizen in 500 ml kaltes Wasser geben. Auf höchster Stufe aufkochen und etwa 15 Minuten lang bei geschlossenem Deckel quellen lassen.

6. Den Buchweizen auf die Bowls verteilen. Die gerösteten Süßkartoffeln mit Blumenkohl und Brokkoli darüber verteilen und mit Kürbiskernen garnieren. Mahlzeit!

Dessert-Bowl mit Bananen

Zutaten für 2 Portionen:

- 4 Bananen, gefroren
- 2 Kiwis
- 80 ml Mandelmilch
- 2 EL Kakaopulver
- 2 EL Knuspermüsli

Zubereitung:

1. Die gefrorenen Bananen mit der Mandelmilch und dem Kakaopulver in den Mixer geben und auf höchster Stufe zu einer cremigen Masse mischen.

2. Die Creme auf 2 Bowls aufteilen.

3. Die Kiwis in Scheiben schneiden und damit die Creme ansprechend garnieren.

4. Jeweils 1 EL Knuspermüsli auf die Creme geben und mit etwas Kakaopulver bestreuen.

5. Die süße Bowl genießen.

Winter-Bowls – Mit heißen Bowls durch den Winter

Im Winter ist gesunde Ernährung ein besonders wichtig. Die Kälte macht hungrig und Appetit auf deftige, oftmals fettige Lebensmittel. Die Weihnachtsmärkte locken mit Leckereien und zu Neujahr werden wieder Vorsätze für eine gesunde Ernährung, Diäten und Fettreduzierung gemacht. Doch eine ausgewogene Ernährung kann auch lecker sein und super aussehen. Die Winter-Bowls kombinieren köstlich und gesund speziell für die Wintermonate.

Kokos-Bowl mit Kurkumareis

Zutaten für 2 Portionen:

- 250 g brauner Rundkornreis
- 1 Zwiebel
- 1 Bund Schwarzkohl
- 200 ml Kokosmilch
- 500 ml Gemüsebrühe
- 2 EL Olivenöl
- 2 TL Ingwer, gehackt
- 1 TL Kurkuma
- 4 Knoblauchzehen
- Cashewkerne
- Kokosflocken
- Salz

Zubereitung:

1. Die Zwiebel würfeln. Einen Topf mit etwas Öl auf mittlerer Stufe erhitzen und die Zwiebel darin rösten. Nach etwa 5 Minuten den gehackten Ingwer hinzufügen. Nach 1 Minute den Reis und das Kurkumapulver hinzufügen.

2. Nach einer weiteren Minute 375 ml Gemüsebrühe beigeben und aufkochen lassen. Zugedeckt etwa 35 Minuten köcheln lassen und anschließend weitere 10 Minuten ruhen lassen.

3. Inzwischen die Stiele vom Schwarzkohl entfernen und den Kohl in Streifen schneiden. Den Knoblauch hacken.

4. Den Knoblauch in etwas Olivenöl dünsten. Den Kohl dazugeben und zugedeckt etwa 5 Minuten unter gelegentlichem Umrühren dünsten.

5. Die Kokosmilch hinzufügen und etwa weitere 5 Minuten weiter kochen. Den Kohl nach Geschmack salzen.

6. Den Reis in die Schüsseln geben und den Kohl darüber schichten. Mit

Cashewkernen und Kokosflocken bestreuen. Guten Appetit.

Rot-Gelb-Grün-Bowl mit Bulgur

Zutaten für 4 Portionen:

- 1 Rotkohl
- 1 gelbe Rübe
- 1 Grünkohl (TK)
- 1 Glas Rotkohl
- 100 g Bulgur
- 2 Süßkartoffeln
- 2 EL Zitronensaft
- 1 EL Essig
- 4 TL Olivenöl
- 1 TL Honig
- 1 Knoblauchzehe
- 80 g Mandeln, gehackt
- 80 g Sonnenblumenkerne
- Salz
- Pfeffer

Zubereitung:

1. Den Ofen auf 220 °C vorheizen.

2. Die Rübe und die Süßkartoffel schälen und würfeln.

3. Den Bulgur in kochendes Wasser geben und etwa 5 - 7 Minuten köcheln lassen. Anschließend im zugedeckten Topf quellen lassen.

4. Die Rübe und die Süßkartoffel mir etwas Öl, Salz und Pfeffer würzen. Dann in einer Lage auf ein Backblech geben und etwa 10 - 15 Minuten backen.

5. Die Süßkartoffel und die Rübe umrühren und Rotkohl hinzufügen und weitere 20 Minuten backen.

6. Inzwischen den Grünkohl nach Packungsanweisung zubereiten.

7. Für das Dressing Limettensaft, Essig, 3 TL Olivenöl, gepressten Knoblauch, Honig und etwas Salz miteinander vermengen.

8. Jetzt den Bulgur auf 4 Schalen verteilen. Das gebackene Gemüse darüber geben und mit etwas Dressing beträufeln.

9. Aus Grünkohl, Mandeln und Sonnenblumenkernen ein Topping bereiten und genießen.

Karotten-Bowl mit Falafel

Zutaten für 3 Portionen:

- 9 Falafelbällchen
- 6 Karotten
- 150 g Couscous
- ½ Rote Bete
- 1 Grünkohl (TK)
- 2 EL Olivenöl
- 2 EL Sesampaste
- 1 Knoblauchzehe

- 1 EL Petersilie
- 1 Zitrone
- Kürbiskerne
- Paprikapulver
- Salz
- Pfeffer

Zubereitung:

1. Die Karotten in Scheiben schneiden, mit Paprika, Salz und Pfeffer würzen und im Olivenöl etwa 20 Minuten bei verschlossenem Deckel dünsten.

2. Währenddessen einen Topf mit 225 ml Wasser zum Kochen bringen, den Couscous hinzufügen und etwa 10 Minuten lang quellen lassen.

3. Falafel und den Grünkohl nach Packungsanweisung zubereiten.

4. Gegebenenfalls überschüssiges Wasser vom Couscous abgießen. Rote Bete in Scheiben schneiden und mit dem Couscous vermengen. Etwas Salz, Pfeffer und Zitronensaft hinzufügen.

5. Für das Dressing die Sesampaste mit etwas Zitronensaft, gepresstem Knoblauch, Petersilie, etwas Wasser, Salz und Pfeffer vermengen.

6. Den Couscous auf die Bowls aufteilen und mit den Karotten, Falafel und Grünkohl belegen.

7. Zum Schluss mit etwas Dressing beträufeln und genießen.

Linsen-Bowl mit Paranüssen und Ei

Zutaten für 2 Portionen:

- 80 g braune Linsen
- 125 g brauner Naturreis
- 1 Ei
- 1 Avocado
- ½ Brokkoli

- 8 Paranüsse
- 2 TL Chiasamen
- 2 EL Olivenöl
- Salz
- Pfeffer

Zubereitung:

1. Die Linsen kurz aufkochen lassen und zugedeckt bei geringer Wärmezufuhr etwa 30 - 35 Minuten köcheln lassen.

2. Den Reis in Salzwasser aufkochen. Anschließend bei geschlossenem Deckel etwa 10 Minuten köcheln lassen.

3. Brokkoli in Röschen teilen und in kochendem Salzwasser bei mittlerer Wärmezufuhr 10 - 15 Minuten kochen.

4. Das Ei etwa 7 Minuten hart kochen und in Scheiben schneiden.

5. Die Avocado in Streifen schneiden.

6. Die Linsen, den Reis und den Brokkoli auf die Schälchen aufteilen. Dann mit dem Ei, den Paranüssen und der Avocado belegen.

7. Zum Schluss jeweils 1 TL Chiasamen und 1 EL Olivenöl über die Bowl geben und etwas Salz und Pfeffer darüber streuen. Guten Appetit.

Kürbis-Bowl mit Kichererbsen und Grünkohl

Zutaten für 4 Portionen:

- 1 Kürbis
- 1 Dose Kichererbsen
- 1 Grünkohl
- 80 g Cranberrys, getrocknet
- 80 g Kürbiskerne
- 2 EL Ahornsirup
- 1 TL Olivenöl

- 1 TL Paprikapulver
- ½ TL Zimt
- Salz
- Pfeffer

Zubereitung:

1. Den Ofen auf 180 °C vorheizen.

2. Den Kürbis entkernen und in Würfel schneiden. Die Kichererbsen abtropfen und abspülen.

3. Kürbis und Kichererbsen in einer Lage auf ein Backblech legen und mit Olivenöl beträufeln. Mit Salz, Pfeffer, Paprikapulver und Zimt würzen und etwa 30 Minuten backen.

4. Den Grünkohl spülen und hacken. In einer Pfanne kurz anbraten.

5. Den Grünkohl auf die Bowls aufteilen. Mit dem gebackenen Kürbis und Kichererbsen belegen.

6. Zum Schluss die Cranberrys und die Kürbiskerne über die Bowls streuen, mit etwas Ahornsirup beträufeln und genießen.

Hackfleisch-Bowl mit Pastinaken

Zutaten für 2 Portionen:

- 300 g Rinderhackfleisch
- 3 Möhren
- 3 Pastinaken
- 1 Glas Grünkohl
- 30 g Parmesan, gerieben
- 2 Knoblauchzehen
- 100 ml Olivenöl
- 1 TL Paprikapulver
- 1 TL Majoran

- 1 TL Chilipulver
- 30 g Mandeln, gehackt
- Salz
- Pfeffer

Zubereitung:

1. Den Backofen auf 200 **°C vorheizen**.

2. Eine Knoblauchzehe pressen und mit 1 TL Paprikapulver, 1 TL Majoran, 1/2 TL Chilipulver etwas Salz und Pfeffer vermengen. Die Marinade mit dem Hackfleisch vermischen und auf eine Hälfte des Backblechs legen.

3.Die Karotten und Pastinaken schälen und in Scheiben schneiden. Mit Olivenöl, 1/2 TL Chilipulver etwas Salz und Pfeffer würzen und auf die andere Hälfte des Backblechs in einer Lage verteilen.

4. Das Fleisch und Gemüse etwa 20 Minuten lang backen. Dann für etwa 5 Minuten die Grillfunktion anschalten und das Hackfleisch knusprig werden lassen.

5. Inzwischen für das Pesto 100 ml Olivenöl mit 30 g Mandeln, einem Glas Grünkohl der übrigen Knoblauchzehe, 30 g Parmesan und etwas Salz und Pfeffer mit einem Stabmixer pürieren und abschmecken.

6. Gemüse und Hackfleisch dekorativ auf die Schüsseln aufteilen und mit etwas Pesto toppen. Guten Appetit.

Porridge-Bowl mit Quinoa

Zutaten für 2 Portionen:

- 30 g Quinoa
- 50 g Haferflocken
- 200 ml Haferdrink
- 1 Banane
- 1 Orange
- 1 EL Cranberrys

- 1 TL Rapsöl
- 1 P. Vanillezucker

Zubereitung:

1. Das Öl in einem Topf heiß werden lassen und die Haferflocken kurz anrösten.

2. Die Quinoa, Haferdrink und Vanillezucker dazugeben und unter Rühren aufkochen lassen. Dann zugedeckt bei geringer Wärmezufuhr etwa 15 Minuten köcheln lassen.

3. Inzwischen die Banane, Kiwi und Orange in Scheiben schneiden.

4. Den Porridge auf die Schüsseln verteilen und mit dem Obst garnieren.

5. Zum Schluss die Cranberrys über die Bowls streuen und genießen.

Weihnachtsdessert-Bowl mit Haferflocken

Zutaten für 2 Portionen:

- 200 ml Kokosmilch
- 100 g Haferflocken
- 1 Apfel
- 2 EL Walnüsse, gehackt
- 2 EL Kokosflocken
- 2 TL Vanillezucker
- 1 TL Zimt

Zubereitung:

1. Die Kokosmilch mit den Haferflocken aufkochen. Mit Vanillezucker und Zimt würzen. Den Brei von Herd nehmen und etwa 7 Minuten andicken lassen.

2. Währenddessen den Apfel in Scheiben schneiden und gewünschte Formen ausstechen.

3. Den Haferbrei auf zwei Schüsseln aufteilen und mit den Apfelformen belegen. Mit Walnüssen und Kokosflocken bestreuen, bei Bedarf etwas Kakaopulver darüber streuen und festlich genießen.

Rice-Bowls – Die Schüsseln für einen guten Abend

In Rice-Bowls sind meist leicht verdauliche Lebensmittel enthalten. Sie eignen sich somit super für ein warmes Abendessen. Sie sind lecker, sättigend und für den Magen gut zu verarbeiten.

Scharfe Bowl mit Hähnchen

Zutaten für 4 Portionen:

- 250 g Jasminreis
- 150 g Sojabohnen
- 600 g Hähnchengeschnetzeltes
- 2 Karotten
- 1 Bund Lauchzwiebeln
- 2 EL Sambal Oelek
- 1 EL Honig
- 1 EL Kokosöl
- 4 EL frischer Koriander
- 1 EL Sesamöl
- 2 Limetten
- Salz
- Pfeffer

Zubereitung:

1. Den Reis in Salzwasser aufkochen lassen. Bei geringer Wärmezufuhr ca. 15 Minuten bedeckt köcheln lassen.

2. Das Hähnchenfleisch mit 1 EL Sambal Oelek und 1 EL Honig marinieren. Mit Salz und Pfeffer würzen.

3. Geschnetzeltes in einer mit Kokosöl bestrichenen Pfanne anbraten.

4. Inzwischen die Karotten in dünne Streifen schneiden. Die Lauchzwiebeln in Ringe schneiden und die Limetten in Spalten schneiden.

5. Nach etwa 8 Minuten die Karotten und die Sojabohnen ebenfalls in die Pfanne geben und etwa 2 - 3 Minuten mitbraten.

6. Nun auch die Lauchzwiebeln dazugeben und 1 - 2 Minuten weiter braten.

7. Nun kann die Hähnchen-Gemüsepfanne auf vier Schüsseln aufgeteilt werden.

8. Jetzt können die Bowls mit je 1 EL Koriander und den Limettenstücken garniert werden. Die Schüsseln mit etwas Sesamöl beträufeln und jeweils einen Klecks Sambal Oelek darauf geben.

9. Guten Appetit.

Tofu-Bowl mit Erdnusssoße

Zutaten für 4 Portionen:

- 250 g brauner Reis
- 500 g Tofu, extra fest
- 2 Möhren
- 60 g frische Spinatblätter
- ½ Brokkoli
- ½ Dose Kichererbsen
- 2 TL Olivenöl
- 2 EL Sesamöl
- 60 ml Sojasoße
- 60 ml Ahornsirup
- 60 ml Erdnussbutter
- 2 TL Chilisoße
- Salz
- Pfeffer

Zubereitung:

1. Den Ofen auf 200 °C vorheizen. Tofu in einer Lage auf ein Backblech legen und 25 Minuten garen.

2. Den Reis in Salzwasser aufkochen. Bei geringer Wärmezufuhr etwa 10 Minuten zugedeckt köcheln lassen.

3. Sesamöl, Ahornsirup, Erdnussbutter und Chilisoße miteinander vermengen. Es soll eine cremige Soße entstehen.

4. Den Tofu aus dem Ofen nehmen und mit der Hälfte der Soße marinieren.

5. Inzwischen die Möhren in Streifen schneiden, die Röschen von 1/2 Bund Brokkoli abtrennen, die Spinatblätter waschen und die Kichererbsen abtropfen lassen und abspülen.

6. Jetzt den Brokkoli mit 1 TL Olivenöl, etwas Salz und Pfeffer würzen und etwa 20 Minuten im Ofen garen lassen.

7. Nun den marinierten Tofu mit Olivenöl etwa 3 - 4 Minuten goldbraun braten.

8. Den Reis auf vier Schüsseln aufteilen. Den Brokkoli darüber geben und mit den Möhren, den Spinatblättern und den Kichererbsen garnieren.

9. Mit der restlichen Erdnusssoße beträufeln und genießen.

Spinat-Bowl mit Süßkartoffel und Kichererbsen

Zutaten für 3 Portionen:

- 200 g Langkornreis
- 1 große Süßkartoffel
- 1 Dose Kichererbsen
- 150 g frischer Spinat
- 1 EL Kräuterbutter
- 1 TL Kurkuma
- 2 Knoblauchzehen
- 2 EL Sesampaste

- 1 EL Olivenöl
- 1 TL Ahornsirup
- Zitronensaft
- Chilipulver
- Salz
- Pfeffer

Zubereitung:

1. Den Langkornreis in Salzwasser aufkochen. Dann etwa 15 Minuten bei geringer Wärmezufuhr köcheln lassen.

2. Den Ofen auf 180 °C vorheizen.

3. Die Kichererbsen abtropfen lassen und abspülen. Nun mit 1 TL Öl, Kräuterbutter, Kurkuma, Salz und Pfeffer würzen. Dann auf einer Hälfte des Backblechs in einer Lage auslegen.

4. Die Süßkartoffel in kleine Würfel schneiden. Dicse dann in einer Lage auf die andere Hälfte des Backblechs legen und mit etwas Chilipulver bestreuen. Die Süßkartoffeln und die Kichererbsen etwa 25 - 30 Minuten backen.

5. Den Knoblauch pressen und etwa 2 Minuten in Olivenöl anbraten.

6. Dann den Spinat hinzufügen und mit etwas Salz und Pfeffer würzen. Er sollte etwa 3 - 5 Minuten kochen.

7. Für das Dressing die Sesampaste mit Ahornsirup etwas Zitronensaft und Wasser nach Geschmack verrühren.

8. Den Reis, die Süßkartoffeln, die Kichererbsen und den Spinat ansprechend in die Schüsseln geben und mit etwas Dressing beträufeln. Guten Appetit.

Steak –Burrito-Bowl mit Limettenreis

Zubereitung für 4 Portionen:

- 325 g Reis
- 1 EL Butter
- 2 Knoblauchzehen

- 650 ml Hühnerbrühe
- 3 EL Limettensaft
- 20 g Koriander, gehackt
- 2 Grillsteaks, mariniert
- 1 Dose Mais
- 1 Dose Kidneybohnen
- 4 EL Guacamole-Dip
- nach Bedarf weitere Beilagen

Zubereitung:

1. Das Grillsteak wie gewohnt zubereiten.

2. Den Reis 2 Minuten lang unter kaltem Wasser waschen, um die Stärke zu entfernen.

3. Die Butter in einer Pfanne erhitzen und den Reis dazugeben. Diesen nun etwa 2 - 3 Minuten unter ständigem Rühren rösten.

4. Den Knoblauch pressen und dazugeben.

5. Nach 30 Sekunden die Hühnerbrühe mit dem Limettensaft dazugeben und aufkochen lassen.

6. Den Reis bei geringer Wärmezufuhr kochen lassen, bis das Wasser verdunstet ist.

7. Den Reis mit einer Gabel lockern und den Koriander dazugeben.

8. Die Steaks in Streifen schneiden. Den Reis und die Steakstreifen in die Schüsseln geben und mit den Beilagen sowie jeweils einem Löffel Guacamole garnieren. Guten Appetit.

Greek-Bowl mit Lammfleisch

Zutaten für 4 Portionen:

- 500 g Lamm
- 250 g brauner Naturreis

- 1 rote Zwiebel
- 1 Gurke
- 80 g Kalamata-Oliven, entsteint
- 30 g Feta
- 1 EL Olivenöl
- 1 TL Oregano
- 80 ml Essig
- frischer Dill
- Salz
- Pfeffer

Zubereitung:

1. Die Zwiebel in dünne Ringe schneiden und in Essig einlegen.

2. Den Reis aufkochen und ca. 10 Minuten im zugedeckten Topf ziehen lassen.

3. Inzwischen das Lamm in Streifen schneiden und in Olivenöl anbraten. Das Fleisch mit Oregano, Dill, Salz und Pfeffer würzen.

4. Die Gurke in Halbmonde schneiden und den Feta zerbröseln.

5. Den Reis in die Schälchen aufteilen und mit den Lammstreifen, Zwiebeln, Gurke und Oliven garnieren. Zum Schluss Feta und bei Bedarf gehackten Dill darüber streuen. Guten Appetit.

Thunfisch-Bowl mit Zucchini

Zutaten für 4 Portionen:

- 360 g Basmatireis
- 3 Dosen Thunfisch im eigenen Saft
- 1 Zucchini
- 2 Paprika
- Zwiebelpulver

- Knoblauchpulver
- Salz
- Pfeffer

Zubereitung:

1. Den Reis etwa 15 Minuten bei mittlerer Hitze köcheln lassen.

2. Die Zucchini schälen und in Scheiben schneiden. Die Paprika in dünne Streifen schneiden.

3. Die Zucchini mit etwas Salz, Pfeffer, Knoblauchpulver und Zwiebelpulver kurz anbraten. Nach ca. 5 Minuten herausnehmen.

4. Nun den Reis in die Bowls geben. Dann die Zucchini, den abgetropften Thunfisch und die Paprikastreifen ansprechend über dem Reis verteilen und genießen.

Schlusswort

Ich hoffe, dieses Buch hat dir einen guten Einblick in die Welt der Bowls verschafft. Ebenso, dass die Rezepte dich inspiriert haben und zum Variieren und Weiterentwickeln angeregt haben.

Bowls lassen sich aus allerlei Lebensmitteln kreieren. Ich möchte an dieser Stelle noch mal auf das erste Kapitel „Was kommt alles in das Schüsselchen?“ hinweisen. In diesem Kapitel wurde erläutert, wie du eine ausgewogene Bowl zusammenstellst. Du kannst dieses Kapitel als Leitfaden für eigene Kreationen nutzen, wenn du selbst kreativ werden möchtest, oder du nutzt es, wenn du noch Reste im Kühlschrank hast.

Ich möchte dir an dieser Stelle außerdem für das Lesen dieses Buches danken und wünsche dir viel Freude mit all den Rezepten. Ich habe mich bemüht, eine Vielfalt an Kreationen zu zeigen, und hoffe, du hast ein paar auf deinen Geschmack zutreffende Rezepte entdeckt.

Geschmäcker sind immer unterschiedlich, aber gerade bei den Bowl-Rezepten kannst du Produkte auslassen oder durch von dir bevorzugte Lebensmittel ersetzen. Nimm Tofu statt Hühnerfleisch oder Reis statt Quinoa. Die Rezepte bieten zwar eine Vorlage zum Nachkochen, können aber auch sehr gut als Denkanstoß für eigene Rezepte dienen.

Außerdem wurden die Rezepte themenbezogen kategorisiert. Jedoch gibt es sicherlich Rezepte, die auch in andere Kapitel passen. Ich empfehle dir, einfach in allen Kapiteln zu stöbern.

Ich freue mich, wenn ich dir die Bowls-Küche näherbringen und Vielfalt in deine Essgewohnheiten bringen konnte.

Bowls sind einfach ein Genuss für den ganzen Körper. Sie sehen ansprechend aus und machen Appetit. Die sind gesund und ausgewogen und halten den Körper fit. Sie sind leicht zubereitet und schmecken köstlich. Und sie lassen uns unsere Kreativität ausleben. Mit Bowls sind der Kreativität keine Grenzen gesetzt. Es kann kombiniert werden, was das Herz begehrt.

Impressum

Cooking Club wird vertreten durch:

Instyle Supply and Control Limited

20th Floor, Central Tower, 28

Queen‘s Road, Central, HK

Coverbilder

[creativelog] | [Fiverr]

Haftung für externe Links

Das Buch enthält Links zu externen Webseiten Dritter, auf deren Inhalt der Autor keinen Einfluss hat. Deshalb kann für die Inhalte externer Inhalte keine Gewähr übernommen werden. Für die Inhalte der verlinkten Webseiten ist der jeweilige Anbieter oder Betreiber der Webseite verantwortlich. Die verlinkten Seiten wurden zum Zeitpunkt der Verlinkung auf mögliche Rechtsverstöße überprüft. Rechtswidrige Inhalte waren zum Zeitpunkt der Verlinkung nicht erkennbar. Eine permanente inhaltliche Kontrolle der verlinkten Webseiten ist jedoch ohne konkrete Anhaltspunkte einer Rechtsverletzung nicht zumutbar. Bei Bekanntwerden von Rechtsverletzungen werden derartige Links umgehend entfernt.

12494167R00049

Printed in Germany
by Amazon Distribution
GmbH, Leipzig